放課後、ファミレスで、クラスのあの子と。

左リュウ RYU HIDARI

イラスト：magako

「愚痴を言い合って、聞くだけ。それ以上、
先には踏み込まない……っていうのはどう？」

「うん。いいな。俺たちのスタンスにも合ってるし」

「そっか。じゃあ、決まりだね」

「おう。同盟締結だな」

「同盟か。いいじゃん、それ。

せっかくだし名前でもつける？」

「俺たちの同盟に名前を
つけるとしたら……
ファミレス同盟、とか？」
「いいんじゃない。
シンプルで分かりやすくて」

がたん。

電車の車体が一瞬だけ大きく揺れ、加瀬宮が倒れ込むようにバランスを崩した。

「――っと」

反射的に加瀬宮の身体を受け止める。

ファミレスでテーブルを挟んでる時は、決して感じない微かな熱。

触れて分かる華奢な身体。

「悪い」

「……なんで成海が謝ってんの？」

「……なんとなく？」

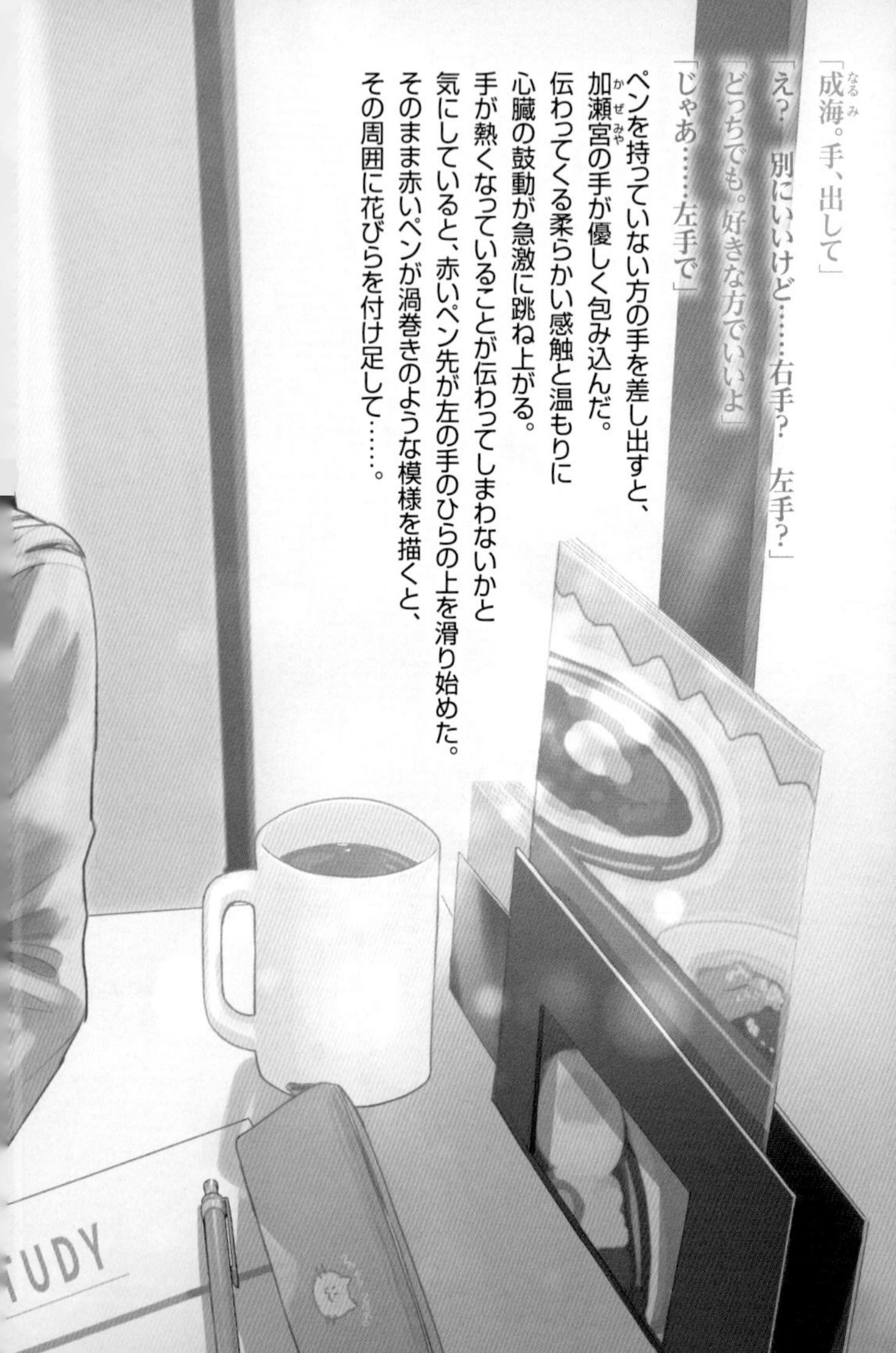
「成海(なるみ)。手、出して」
「え？　別にいいけど……右手？　左手？」
「どっちでも。好きな方でいいよ」
「じゃあ……左手で」
ペンを持っていない方の手を差し出すと、
加瀬宮(かぜみや)の手が優しく包み込んだ。
伝わってくる柔らかい感触と温もりに
心臓の鼓動が急激に跳ね上がる。
手が熱くなっていることが伝わってしまわないかと
気にしていると、赤いペン先が左の手のひらの上を滑り始めた。
そのまま赤いペンが渦巻きのような模様を描くと、
その周囲に花びらを付け足して……。
TUDY

contents

放課後、ファミレスで、クラスのあの子と。

左リュウ RYU HIDARI
イラスト：magako

プロローグ　いつもの席に、いつものあの子

「クラブハウスサンド一つ。ドリンクバーをセットで」

メニューを一切見ることなく注文を告げ、店員さんが席を離れたと同時に、俺は慣れた足取りでドリンクコーナーへと直行し、店のロゴが描かれた透明なグラスを手に取る。少しばかり氷を入れてから、マシンの所定の位置にグラスを置き、定番のメロンソーダを長押しする。よく味わってみれば大してメロン味のしない緑色の液体。泡立った炭酸が零れないギリギリまで注いでからストローを突っ込むと、俺は来た時と同じルートを、これまた同じく慣れた足取りで戻り、いつもの席に着いた。

ファミリーレストラン、フラワーズ。

夜の店内は、子供連れや仕事終わりの社会人などで賑わっていた。

俺はそんな店内の様子をバイト終わりのぼんやりとした頭で眺めながら、ストロー越しにメロンソーダを口に含む。プラスチックのストローが緑に染まり、口の中に水分を含んだ俺は、ほうっと息をついた。

「まだ八時か……」

現在時刻は午後八時三分。高校二年生が外を出歩く時間帯としてはあまり相応しくはないだろう。しかし、それでも俺にとっては『まだ』である。

俺、成海紅太は今日も今日とて高校二年生という時間をメロンソーダと一緒に浪費していく。

注文したメニューを待っていると、ふいに視界の中に金色の光がチラついた。俺の視界を掠めたウェーブがかったロングヘアは、まるで黄金のオーロラのようだ。

ネイルでもしているのだろうか。爪は彼女の名前にもあるホワイトカラーに染められている。

この距離からでは分からないが、恐らく薄くではあるがメイクもしているのだろう。

豊かな胸にきゅっとしたくびれ。アイドル顔負けの抜群のスタイルを包み込んでいるのは、俺も通っている星本学園指定の制服だ。傍にカバンがあることから、家に帰宅すらしていないのだろうか。

頭には小さなネコミミ付きのヘッドフォン。ホワイトとシルバーのカラーリングは、彼女の持つ金色の長い髪と組み合わさって、金色の大河に架かる純白の橋のようだ。一見すると音楽を聴いているようにも見えるものの、その眼差しは横向きに置いたスマホに注がれている。恐らくは動画を見ているのだろう。ノイズキャンセリング機能が搭載されているワイヤレスイヤホンも珍しくないこのご時世に、わざわざ耳を覆うヘッドフォンをつけている辺り、彼女の外界に対する拒絶の意志がうかがえる。

「……加瀬宮、今日もいるのか」

彼女の名前は加瀬宮小白。俺と同じ星本学園高等部の二年D組の、いわば同級生だ。

しかし、俺と彼女の共通点はクラスメイトというだけではない。

だが、顔馴染というわけでもなければ友達でもない。席が隣ということもなく、家が隣同士の幼馴染というわけでも、前世で縁のあった宿敵でもない。

俺と彼女を結ぶ共通点。

それはこのファミリーレストラン、フラワーズにおける常連客だという点。

ただその一点のみである。

共にこのフラワーズの定番、ジューシービーフハンバーグセットの味について語り合うわけでもなければ、全メニューを制覇しようと誓い合った同士でもない。特に会話することもないし、なんなら挨拶すらしない。

いつも同じ席に座って、ただ交流をかわすこともなく、互いに無干渉のまま無為に時間を過ごす。常連客同士という、あるかないかも分からない、か細い糸で繋がっただけの同級生。

気になる点があるとすれば、どうして彼女は毎回のようにファミレスで動画を見ているのかという点だ。家に帰っても見られるはずだ。わざわざ無為に時間を潰しているとしか思えないが……そこを探るような趣味はない。

「お待たせしました。クラブハウスサンドです」

注文したメニューがテーブルに届けられた。

この混雑した時間帯でも丁寧に作られたクラブハウスサンド。

ベーコン、レタス、トマト、ローストチキンを狐色のトーストで挟んだ、この店の定番メニューの一つだ。料理の性質上、テイクアウトメニューにも載っている。

「いただきます」

いただきます、の挨拶をしてからかぶりつく。途端、甘酸っぱいソースが舌の上に広がり、トーストや具材が、バイト上がりで程よくスペースを空けた胃を満たしていく。

そのまま、時折スマホを眺めながら黙々と夕食のクラブハウスサンドを平らげる。

「ごちそうさまでした」

手を合わせて、ごちそうさま。

男子高校生の胃袋の中に収まったクラブハウスサンドは、程よい存在感と満足感を与えてくれた。この時点で夜の九時前。健全な男子高校生なら帰宅している時間だろうが、生憎と俺はそのカテゴリーに当てはまらない。まあ、だからといってあまりよろしくない連中とつるんでいたりするわけでもない。

ただこのファミレスでダラダラと居座る。それだけだ。

店の事情は詳しくないが、お店の側からすれば回転率のよくない客はあまり有り難くないだろう。多少の申し訳なさもあるが、このままドリンクバーで粘らせてもらおう。

資金の限られている高校生がこんな時間まで居座れる時間はあまり多くはない。

カバンから教科書とノートを取り出して課題を済ませた後は、スマホでお気に入りのサイトやSNSのタイムラインを巡回し、あとはお気に入りのソーシャルゲームをプレイして時間を潰す。このゲームはスマホを横持ちにするタイプなので、傍（はた）から見れば明らかにゲームしていることが分かってしまうのが難点だろうか。

そして訪れた午後の十時。これが俺にとってのタイムリミット。

荷物をまとめて忘れ物がないことを確認し、伝票をとって立ち上がる。

――と。同じく伝票を手にレジに向かおうとしていた加瀬宮（かぜみや）とかち合った。

「――――……」

「――――……」

ぱちっ、と思わず目が合う。

その瞳は吸い込まれそうに綺麗（きれい）な、蒼（あお）。晴れ晴れとした青い空。神秘的な青い海。

動画観賞という役目を終えたであろう白と銀のヘッドフォンは、今は首にかけられている。

時間にして僅か一秒か二秒ほどだろうか。特に何かがあるわけでもなく、俺は軽く会釈（えしゃく）してから一歩後ろに下がった。

加瀬宮（かぜみや）は軽く頭を下げると、そのままレジへと向かい、支払いを済ませると店を出ていった。

その後に続くようにして俺もまた支払いを済ませて店の外へと出ると、太陽はとっくの昔に沈みましたと言わんばかりの夜空が頭上には広がっている。

そんな自然の闇を嘲笑うかのように、街は人工の明かりで満ちていた。そんな人の手で造られた文明の光の中を堂々と歩く背中を、俺はただ見つめる。

一歩踏み出す度に揺れる長い金色の髪。その、どこか寂し気な足取りは、強く俺の目に焼き付いていた。

「……………帰るか」

加瀬宮に背を向けるように、俺は彼女と反対の方向へと歩みを進める。

今日も明日もこれからも。

俺たちはただの常連同士で、言葉を交わすこともなければ道も交わることもない。

――この時の俺は、そんなことを思っていた。

第一章　ファミレス同盟

星本学園高等部二年D組の月曜日一時間目の授業は数学である。

休日明け。月曜日という、恐らく学生と社会人のパフォーマンスが最も落ちているであろうタイミングで数字の羅列と向き合わねばならない。月曜日一限目が数学であるという、学園側が組んだ悪魔のカリキュラムに対する不平不満を吐き出すのは、俺たちのクラスの定番の話題だ。

一学期の中間テストという魔物をなんとか乗り切り、平和を満喫している身としては、勉強という学生にとっての責務からは目を背け、一息ついて緩みたいというのが本音だろう。

「おっはよー、紅太」

そんな月曜一限目の数学に辟易としているクラスメイトをよそに、爽やかで愛嬌のある笑顔で挨拶をしてきた男子が一人。人懐こい笑みが印象的で、身長は高校生男子の平均よりやや低いぐらい。背の順で並べば真ん中から少し下ぐらいの体格すらも愛嬌に変えている。

にこにことしながら俺の挨拶を待っている姿は、まるで尻尾を振ってる犬みたいだ。

「おう。おはよ、夏樹」

犬巻夏樹。

俺の幼稚園からの幼馴染であり、ついでにいえばクラスも同じ。一度だって別のクラスになったことはない。高校二年生となった今でもその記録は続いていて、「ここまできたら小中高でコンプしたいよね」と本人は言っている。

ついでに付け加えると、「どうせ幼馴染ならかわいい女の子がよかったー！」とほざいているが、それはこっちのセリフだ。

「ねぇ紅太。今日の放課後、どっか遊びに行かない？」

「悪いな。今日もバイトが入ってる」

「えー。またー？　二年生になってからそんなんばっかじゃんかー」

「バイトを増やしたからな」

「家に帰りたくないから？」

「…………」

いきなり図星を突かれてしまったので黙り込んでしまったが、沈黙は雄弁に事実を語る。

「まだ新しい家族と上手くいってないんだ」

ここまで見抜かれてしまってはもはや沈黙も意味はない。観念したように口を開く。

「……正直、まだ家には居づらい。新しい父親にも、一個下の義妹にも、まだ慣れない。……というか、家族って感じがしない。そんな自分が嫌になる」

「だからわざとバイトを多めに入れて、バイト終わりにはファミレスで時間を潰してる……涙ぐましい努力だよ。義妹ちゃん、悪い子じゃないんでしょ？　むしろ友好的だとか」

「……相手は主席入学の優等生だぞ。出来の良すぎる妹を持つ身にもなれよ」

――――高校二年生への進級を控えた春休み、俺の母親は再婚した。

相手は、某玩具メーカーに勤めているサラリーマン。

悪い人じゃない。むしろ良い人だと思う。母さんが選んだ相手なら文句はない。女手一つで俺を育ててくれた分、ちゃんと自分の幸せを摑んでほしいと思ってるし、心から祝福もしてる。

それに伴って、俺と母さんは相手の家に引っ越すことになった。

今まではアパート暮らしだったが、今度はなんと小綺麗な二階建ての一軒家。全体的に生活レベルは上がったと思う。新しい父親は良い人だし俺にもよくしてくれている。幸福だ。俺はきっと恵まれている。

だけど、問題が二つあった。

一つは、相手に娘がいたこと。しかも、この春から星本学園高等部に入学してきた、一つ下の後輩だ。成績優秀でスポーツ万能。新入生代表挨拶まで務めていた。

同年代の異性と一つ屋根の下。接し方には頭を抱えているというのが正直なところだ。

そして二つ目の問題は……これは単純に、俺が家に居づらいということだ。

まだ新しい家族に馴染めていない。あの家にも馴染めていない。

だから帰りづらくて、バイトを多めに入れたり、バイト終わりにファミレスに寄って時間を潰している。

「ちょっとお節介かもしれないけどさ。いいの？　それで。再婚して新しい生活をはじめた途端にバイトを多めに入れたり遅く帰ったりしたら、向こうも気にするよーな気がするけど」

「それは分かってるし、母さんにも新しい父親にも悪いと思ってる。けど……それでもやっぱ、居づらいんだよなぁ……」

これぱっかりはどうしようもない。原因は分かっているので、自分でも直さなきゃとは思っているが、直せていないのが現状だ。

「ふーん。そっか。居づらいものは居づらいし、どーしよーもないことってあるよね」

ここで「頑張って歩み寄ってみなよ！」とか無理に言ってこない、からっとした感じが、夏樹の好きなところだ。

「バイトやファミレスもいいけど、時間を潰したいなら僕ん家に来てもいいからさ。たまには一緒に遊ぼうよ～」

「ん。そうだな。その時は頼らせてもらうわ」

たぶんこれが夏樹の言いたかったことなのだろう。

いつでも逃げ場になってくれる、と。

……ありがたい。特に夏樹は、俺の前の父親のことも知っているから、唯一気を抜いて接することのできる相手だ。

「ねぇ、加瀬宮さん。ちょっとお願いしたいことがあるんだけど」

　不意に耳に届いてきたのはクラスの女子生徒たちの会話だった。

「………なに？」

　新しいクラスメイトに対してまだ慣れていないという点を抜きにしても、加瀬宮の態度は俺の目にもそっけなく映る。元々、どこかクールめというか、孤高さを滲ませている人ではあるけれど、やはりそれを抜きにしてもどこかそっけない。そもそもスマホから目を離していないし。教室でも基本的に、授業が始まるまではヘッドフォンをつけて動画を見ているぐらいだ（どうやらあのネコミミパーツは着脱可能らしく、教室で使う時は外している）。実際、今も動画を見ていたのだろう。机の上には横向きにしたスマホが置かれている。ヘッドフォンを首にかけていることから、肩でも叩かれて気づいた後、話を聞くためにしぶしぶ……と言ったところだろうか。声をかけた女子も、加瀬宮の拒絶を感じているのだろうが、それでも負けずに続ける。

「あのさ。加瀬宮さんのお姉さんって、歌手のkuonさんだよね？」

　やや興奮気味に問う女子生徒。彼女の言うkuonとは、現在高校生を中心として大人気の歌手（厳密にはシンガーソングライターだった気がする）のことだ。

　kuon。本名は加瀬宮黒音。加瀬宮の二つ上の姉らしい。その事実はこの学園にいるほとん

どの生徒が知っていることで、そのせいもあって妹の加瀬宮はちょっとした有名人だ。まあ、彼女がこの学園で有名なのはそれ以外の理由もあるのだが。

「そうだけど。それが、なに？」

「私ね、kuon さんのファンなの。だから……お願いっ！　お姉さんのこと、紹介してもらえないかな？」

「嫌」

　クラスメイトの嘆願をバッサリと、一瞬で切り捨てる加瀬宮。

　こんなお願い事はもう何度もされているのだろう。実に手際の良いお断りである。

「そこをなんとか……あっ、サインをもらってくるだけでも……私、kuon さんがデビューしてからずっとファンで……！」

「聞こえなかった？」

　明らかに、声が一段階冷たくなった。

「嫌だ、って言ったんだけど」

「…………っ……」

　まさに気圧された、というのだろうか。話しかけた女子生徒は完全に沈黙し、加瀬宮に背を向けて自分の席へと戻っていった。それを見た加瀬宮は再びヘッドフォンをつけて動画の世界に戻る。「なにあれ」「感じ悪っ」という、他の生徒からの陰口は聞こえなかったかは微妙なところだ。いつの間にか二人のやり取りに注目していた他のクラスメイトたちも、何事もなかったかのようにそれぞれの雑談に戻っていく。

「いやー、清々しいぐらい綺麗に地雷を踏みぬいたね」

「地雷？」

「そ。加瀬宮さんってさ、お姉さんの話されるの嫌がるっぽいんだよねー。去年なんか今みたいな子がたくさん押しかけてきて、大変だったらしいよ」

「へぇ。それは知らなかったな」

「ま、違うクラスの時だったしね。僕だって誰かの話を又聞きしただけだしさ。……それにどちらかというと、加瀬宮さんは別の噂の方もあるしね」

「あぁ……あれか」

そっちは俺も知っている。むしろ、俺の中で加瀬宮小白という少女に関する噂はそちらの方がよく聞こえてくる。

「夜に遊び歩いてるとか、あんまりよくない連中とつるんでるとか、そういう本当かどうかも分からないテキトーな噂。ああいう話、僕あんまり好きじゃないからさー。耳に入ってくる方も大変だよ。加瀬宮さんみたいにヘッドフォンでもつけようか、ちょっと悩んだほどさ」

夏樹がこういう言い方をしているということは、信憑性が低いということだろうか。

こいつは交友関係が幅広い。その分、入ってくる噂話の母数が違う。一人の話を鵜呑みにするのではなく、複数人から得た情報をきっちりすり合わせして、時には独自に動いて裏を取る。そういうやつだ。

「……ま、どっちの噂にしたって、俺にはどうでもいい話だな」

「あははっ。確かに、紅太ならそうかもね。他人の家には口出さない主義だし」

「誰だってそうだろ」

「いやいや。自分勝手な興味や好奇心で、他人の家や家族のことに土足で踏み込んでくる人は多いでしょ。さっきの子みたいにさ」

さっきの女子生徒に対して、なかなかに辛辣な物言いだな。

夏樹も今のやり取りに思うところはあったのだろうか。

「…………」

加瀬宮は引き続き、淡々とスマホで動画を眺めていた。

その姿は夜のファミレスにいる時と何ら変わらない。

もうさっきの女子生徒とのやり取りなど忘れてしまったみたいに……振る舞っている、ように見えるのは俺だけだろうか。

「あ、チャイムだ」

俺の思考を中断させるように学園内にチャイムが鳴り響き、夏樹を含むクラスメイトたちは雑談を止めてそれぞれ席についていく。加瀬宮もまたヘッドフォンを外して、授業に備え始め自分の家でさえ持て余しているのに、そんな余裕は俺にはない。

他人の家には関わらない。

加瀬宮が何を考えていようが、家族とどんな関係だろうが、俺には関係ない。興味もない。

（……どうでもいいか）

た。

☆

放課後。

今日も今日とてバイトを終えた俺は『いつものファミレス』ことファミリーレストラン、フラワーズへと直行する。

「申し訳ありません。少々お待ちください」

が、店内は珍しく混雑していた。いつもなら賑わってはいても、ここまで混むことはない。中の様子をうかがってみると、どうやら偶然にも複数の団体客が来店していたみたいだ。そんな場面に出くわしてしまうとは。運が良いのか悪いのか分からない。俺としては時間を潰しに来ているので、別にいくら待っても構わないのだが。

店内端末のタッチパネルにある『大人：一人』のボタンを押すと、発券機から『26』という番号が印刷された、レシートに似た紙を手に取り大人しく順番を待つ。

「二十六番の方」

店員さんに誘われるまま、複数の団体客で賑わう店の中を歩いていく。

いつもは「お好きな席へどうぞ」と、好きな席を選ばせてもらえるのだけれど、今日は混雑しているためそれも難しいらしい。いつも俺が座っている席は、テーブルの上にタブレットを広げて何かの打ち合わせをしているらしい見知らぬ女性たちが使っていた。

「こちらのお席へどうぞ」

「……あ、はい」

そんな『いつもの席』を横切って辿り着いた席。

片づけを終えたばかりなのだろう。テーブルを拭いた痕跡が残ること以外、特に何の変哲もない。流されるがまま、程よい硬さのベンチシートソファに腰をかける。

「…………」

座った後になって、ようやく気づいた。

俺が座った席の隣。人間一人が出入りすることに不自由がない、最低限の幅を挟んだ隣の席に、今朝と変わらずヘッドフォンをつけ、スマホで動画を見ている金髪の女子生徒。加瀬宮小白がいたことを。

驚きのあまり思わず硬直してしまった挙げ句に凝視してしまったが、すぐに我に返って取り繕うようにメニューを広げた。

……別に特別、驚くようなことじゃない。隣のテーブルに案内された。それだけだ。

メニュー自体はもうほぼ暗記しているレベルで通っているのでわざわざ広げる必要はないのだが、常連ぶっているような感じがしてちょっと恥ずかしい。なので、一応パラパラとめくって確認するようにはしている。何を頼むか特に決まっていない時も、こうしてメニューに載っている料理の写真を見て食指が動くこともある。

今回がまさにそうだった。メニュー表に載っている綺麗な黄色いオムライスが、なんとなく俺の食指を動かした。そのままボタンを押して、店員さんを呼び出す。

「特製ソースの黄金オムライスを一つ。ドリンクバーをセットで」

注文を終えた後、グラスにコーラを注いで再び席に戻る。

加瀬宮は相変わらずヘッドフォンをつけたままスマホで動画を見ていた。

(……いつも何の動画見てるんだろ)

そんなことを考えつつ、そのまま自分の席に戻る。

スマホを眺めて時間を潰していると、注文したオムライスが届いた。

「いただきます」

スプーンですくった卵の下には熱でとろけたチーズが挟まれており、卵と絡み合って濃厚な甘みが舌で踊る。上からかかっている特製ソースが絶妙で、単調な味にならず完食するまで飽きがこない。

「ごちそうさまでした」

食べる手が止まらず、あっという間に食べ終えてしまった。

男子高校生としてはもう少し量があった方がいいが、それは贅沢というものだろう。

普通ならここで一息ついて帰るのだろうが、家に居づらい俺としてはまだここで時間を潰していたい。タイムラインの巡回でもするかと、ＳＮＳアプリを立ち上げたその時だった。

「…………っ……」

スマホの画面が電話の着信を知らせるものに変わる。

電話の相手は母さんだった。なぜかかってきたのか。なんとなく予想はついている。

息を吸って、吐き出す。深呼吸をして精神を落ち着かせて、声にヘンな反応が滲み出ないように心がけながら通話ボタンを押す。

「もしもし、母さん？」

『紅太。あんた今、どこにいるの？』

「……バイトから帰ってるとこ」

嘘はついてない。

実際バイトはもう終わってるし、このファミレスは帰り道にあるのだから。

『じゃあ、もう少ししたら帰ってくる？』

「……もうちょっと時間はかかるかな。晩御飯、外で食べて帰るつもりだし」

厳密にはもう食べ終えているのだけれども、これからデザートを頼めば嘘にはならない。

『晩御飯ならわざわざ外で食べなくても、家に帰れば……』

「バイト終わりってお腹が空くからさ。早く何か食べたかったんだ」

これも嘘じゃない……はずだ。バイト終わりに空腹を感じているのは事実。

『……そっか。じゃあ、気をつけて帰ってきてね。明弘さんと琴水ちゃんも待ってるから』

「……分かった。ああ、別に俺に気を遣って待ってる必要ないから。そっちの方が、辻川さんたちも気楽でいいでしょ」

辻川、というのは母さんの再婚相手の苗字だ。辻川明弘が新しい父親で、辻川琴水が義理の妹。

義妹の辻川も年頃の娘だし、一つ上の異性が急に義理の兄だと周囲に知られれば学園生活に何かしらの影響が出ないとも限らない。高校に入学したばかりで人間関係の構築にも影響が出るデリケートな時期ということもある。なので、戸籍上、俺はもう「辻川」なのだが、旧姓の「成海」を名乗るようにしている。俺としてもその方がありがたかった。この辺の事情は信頼できる口の堅い人間には明かしているが（俺の場合は夏樹）、それだけだ。

『……わかった。伝えておくわ。とにかく、もう暗いんだし気をつけて帰ってきなさいね』

「了解。じゃあ、切るから」

切ることをこちらから宣言して、通話を終了させる。

「ふぅ…………」

思わず安堵の息が漏れる。

別に母さんとは仲が悪いわけではない。むしろ良好と言えるだろう。作家業を営んでいる母さんの原稿を読んで感想を返す、みたいなことをしていた程度には、親子関係は良好だ。

なのに、五分も満たない通話をしただけでここまで疲れるとは。

「……デザート、注文しなきゃな」

ああ、ほんと。我ながらバカバカしいな。『真実でもないが嘘はついていない』。そんなバカげた免罪符が欲しいためだけにまたメニューを広げている。

俺にとっては心の安寧を買うための必要経費だが、傍から見れば無駄な出費だろう。

とりあえず、デザート系の中では比較的安めのチョコレートアイスを注文する。だけど注文した後で、やっぱりパフェでも頼めばよかったと後悔した。

だって、きっとアイス単品よりもパフェの方が出てくるまで時間がかかるだろうから。

「家族と仲、悪いの？」

綺麗な声だな、と思った。

そしてワンテンポ遅れてその綺麗な声が自分に向けられたものだと気づいて、思わず振り向く。その問いかけの主は、隣の席に座っていた加瀬宮小白だった。

「えっ………」

質問に対して身体が石のように固まってしまったのは、イメージになかったからだ。

加瀬宮小白、という少女に対して俺が真っ先に思い浮かぶイメージ。

それを言葉にするならば、『孤高』というところだろうか。

クールで、そっけなくて、だけど綺麗で。周りを寄せ付けない孤高の輝き。

それが俺の中で思い浮かべる加瀬宮小白という少女のイメージである。

彼女の方から誰かに話しかけた姿を見たことがない。……とはいえ。俺も加瀬宮とクラスメイトになったのは二年生になってからで、つまりまだクラスメイトとしてすら、まださほど付き合いもないのだけれど。

それ以外はこのファミレスぐらいでしか見たことがないし、俺が見た範囲では友人と談笑している様子はおろか電話すらもしていなかった。例外があるとすれば、店員さんに注文をする時ぐらいだろう。

「……それって、俺に質問してる？」

「他に誰がいるの」

そりゃそうだ。加瀬宮が座っているのは店の角の席で、隣には俺しかいない。

「……ああ、ごめん。盗み聞きするつもりはなかったんだけど。見てた動画が終わってヘッドフォンを外してたら、聞こえてきちゃって」

「いや、こんなとこで電話してた俺も悪いし……」

そもそも加瀬宮はヘッドフォンをつけて動画を見ていたから、てっきり聞こえないもんだと思っていた……というのもある。しかしどうやら、妙なタイミングで動画を見終わってしまっていたようだ。

「家族仲だけど……母親とは……そんなに悪くない、かな。良好な親子関係だとは思う」

「母親とは、ね」

思わず、「しまった」と内心で冷や汗をかいた。

この言い方だと「母親以外とは仲が悪い」と白状しているようなものだ。

厳密には新しい父親や義妹との関係は悪いというわけではない。向こうから歩み寄ろうとしてくれていることは伝わっているし、それに俺が応えられていないだけ。

しかし、加瀬宮小白は意外と……鋭いな。

今のは俺の不注意だったとはいえ、きっちり拾ってくるとは。

「ほんとごめん。急に変なこと聞いて」

俺の警戒心が滲み出てしまったのだろうか。加瀬宮は苦笑しながら謝罪してきた。

「別にいいよ。母親以外と微妙な関係なのは事実だし」

「そっか」

それから数秒ほど無言が続いたが、またすぐに加瀬宮が口を開いた。

「……私さ。家族とあんまり上手くいってないんだよね」

「えっ？」

彼女にとっては地雷だと思っていた家族に関する話題が出てきたので、思わず驚きの声を漏らしてしまった。そんな俺の反応を見て、色々と察したのだろう。

「さっき、家族のことで質問しちゃったでしょ。私だけ踏み込むのは公平じゃないし」

「別にそんなこと気にしなくていいだろ」

「そういうの私が気にするんだよね。他人の家には口出さない主義なのに」

「あ、それ俺も」

同意の言葉が反射的に、口をついて出てきた。

「そうなの？」

「自分の家でさえ持て余してるのに、他人の家にまで口を出せる余裕なんてないだろ」

「あははっ。理由までおんなじだ」

――加瀬宮って、こんな風に笑うんだな。

思わずそんなことを考えていた自分に、一瞬遅れて驚いた。だけど、加瀬宮が今見せた顔は教室では見たことのないもので、思わず目が惹きつけられてしまったのも事実。

「へぇー……そっか。成海もそうなんだ」

「あれ？　俺の名前……」

「知ってるに決まってるじゃん。クラスメイトなんだから」

意外だな、と思った。

俺から見た加瀬宮という少女は、いつもヘッドフォンをつけていて、周りのことなんて気にも留めていないと思っていたから。クラスメイトの名前だって大して興味がないものかと、勝手に決めつけていた。

…………俺は俺で、まだ名前を憶えてるか怪しいクラスメイトが何人かいるのだが。それは黙っていよう。加瀬宮の前で白状するのは気まずすぎる。

「それに、行きつけのファミレスに、いつも決まった席にいるやつがクラスメイトだったら、嫌でも覚えるでしょ」

「ああ、それは確かにそうだな」

仮に加瀬宮が学園内で有名じゃなかったとしても、覚えていたと思う。

いつも同じ席にいる、いつものあの子。それがクラスメイトだったら印象に残るだろう。

「……じゃあ、この店に通ってる理由も同じじか」

「そーだね。たぶん、同じだと思う」

「「家に居づらいから、店で時間を潰してる」」

せーの、でタイミングを合わせるまでもなく、俺たちの言葉は完全に一致した。

思わず噴き出してしまう。そしてそれは、加瀬宮も同じだった。

「気が合うじゃん」

「そうだな。気が合う」

思わず笑いが零れる。まさか、家に居づらいという理由で同じファミレスで時間を潰している生徒が他にもいたなんて。

「お待たせいたしました。チョコレートアイスになります」

そのタイミングで、注文したアイスが運ばれてきた。

「きたね。アリバイ作りのデザート」

「無駄な出費だと思うよ。我ながら」

「無駄じゃないでしょ。私たちにとっては心の安寧を買うための必要経費じゃない？」

「……ほんと、つくづく気が合うな」

その後も、チョコレートアイスを完食するまで加瀬宮との会話は続いた。

スプーンを持った手よりも口を動かし続けていたせいだろうか。食べる速度よりもアイスが溶ける方が速かった。正確に時間を計測したわけじゃないから分からないが、食べ終えるのにいつもより時間がかかった気がする。

「俺、そろそろ帰るわ」

「そ。だったら、私も帰ろうかな」

伝票を持って二人で立ち上がりレジに並ぶ。今度はかち合って譲るようなくだりは発生しなかった。店を出ると、当然のことながら日は沈んでおり、包み込む闇に抗うように街が光を漲らせている。

「せっかくだし、家まで送ってくれない？」

その提案の意味が分からないほど鈍くはない。

「帰宅時間が引き延ばせて助かる」

「どういたしまして」

加瀬宮が俺と同じタイミングで店を出たのも、そういった配慮が働いたからだろう。

いつもの家路とは正反対の道を、加瀬宮と肩を並べて歩く。

見慣れないアスファルトの道。見慣れないビル。昨日までなら通りかかることもなかったであろう道を、こうして加瀬宮小白と一緒に歩いているのは、なんだか不思議な気分だ。

……ああ、まったく。本当に不思議だ。

昼間までは加瀬宮のことを、ただひたすら『孤高』の存在だと思っていた。

俺なんかとは違う世界の人間だと思っていた。

今日も明日もこれからも、特に関わることのない人間だと思っていた。

だけど今は、こんなにも近い。

おこがましくも、彼女のことをとても身近な人間だと思える。

それはきっと——安堵しているからだろう。

家族とあまり上手くいっていない。わざわざファミレスに入り浸って夜まで粘るぐらい、家に帰りたくないと思っている。

家族という、死ぬまで逃れられない呪縛に囚われている人間。

俺と同じ人間がいた。そのことに、とても安心しているんだ。

「成海はさ。こんな遅くに家に帰って、家族になんて言い訳してんの？」

「さっきも電話で伝えたみたいに、バイト帰りに飯食ってるとか、バイトで疲れたから休憩してたとか……色々だな」

「でもそれ、さすがに毎回だと厳しくない？」

「実はそろそろ限界かなと思ってる。参考までに訊きたいんだけど、そっちは？」

「『私の勝手でしょ』で押し通してる」

「強いなぁ……」

「こうでもしないと、やってらんないから。昔からそうなんだよね。普通に昼間に出歩いてても、向こうは私が変なことしてるんじゃないかとか、疑ってくるようなことばっかりだったし。基本的に信用されてない感じ。まあ、トラブルに巻き込まれたら、お姉ちゃんに迷惑がかかるから仕方がないけど」

夜に出歩いているから信頼を失くしたのではなく、恐らく順番が逆なのだろう。信頼されてないから、こうして夜まで家の外にいるようになった。

……それなら確かに、無理やり押し通すしかなくなる気がする。

「そっちの方が大変そうだな」

「かもね。けど、家に居づらい気持ちは一緒じゃん？」

「そこには同意する」

「成海は、明日もファミレスくんの？」

「そうだな。明日もバイト入ってるし」

「ふーん。そっか……」

加瀬宮が何かを考えるようなそぶりを見せたことで一瞬、会話が途切れる。

「だったら、提案があるんだけど」

「提案？」

「どうせなら、今日みたいにお喋りでもした方が楽しく時間が潰せない？　成海って話してみたら意外と気が合うし……言い訳だって作りやすいでしょ」

なるほど。確かに今日、話してみて意外と気が合っていたのは事実だ。

それにいつもより時間が過ぎるのが早く感じた気がする。

……正直、数時間も一人で時間を潰すのもこれはこれで大変だったりする。話し相手がいれば、一人でSNSやサイトの巡回をしたりするよりも有意義な時間を過ごせるかもしれない。

「それに……成海になら、話せそうだからさ。愚痴とかも」

「色々だよ。学校のこととか、プライベートのこととか——家族のこと、とか」

言われて、思わず噴き出してしまった。

「家族の愚痴か。いいな、それ」

「なんでウケてんの」

「ごめん。そういう発想はなかったから」

家族に対する後ろめたさ。居づらい家。

たまに夏樹に話したりはするけれど、やっぱりそれでも言いづらさはある。

愚痴として存分に吐き出すことができる相手なんて——家に居づらいという気持ちを共有できる加瀬宮ぐらいしかいないだろう。

「愚痴を言い合って、聞くだけ。それ以上、先には踏み込まない……っていうのはどう？」

「うん。いいな。俺たちのスタンスにも合ってるし」

「そっか。じゃあ、決まりだね」

「おう。同盟締結だな」

「同盟か。いいじゃん、それ。せっかくだし名前でもつける？」

「薩長同盟みたいな？」

「なんで薩長同盟？」

「何となく浮かんだ。前世は幕末にでもいたのかもしれん」

「幕末て」

加瀬宮はふっと小さく噴き出した。

「成海って思ってたより面白いやつだね」

「まあ、幕末は置いといて、俺たちの同盟に名前をつけるとしたら……ファミレス同盟、とか？」

「いいんじゃない。シンプルで分かりやすくて」

ファミレス同盟。俺たちの関係を一言で表すラベルができたことで、この状況がしっくりと来るようになった……気がする。

「ここが家」

店を出てから五分もかからずの場所にあるタワーマンションの前で、加瀬宮の足が止まった。

「ありがとね、送ってくれて」

「どういたしまして……ってか、すっげ。良いとこ住んでるんだな」

「居心地が悪いから、あんまり意味ないけど」

「そりゃそうか」

「そうだよ」

スマホで時間を確認してみると、時刻は二十二時を越えていた。

ここから帰るといつもより帰宅時間は遅くなることは間違いない。

「帰ったら何か言われそうな時間だな。言い訳としてはどうする？」

「私の場合は『ファミレスで友達とお喋りして、帰るのが遅くなった』……かな」

「ついでに俺の方は『女友達を家まで送って遅くなった』……ってところか。そっちは『帰りは友達と一緒だから変なトラブルに巻き込まれる心配はない』も付け加えたらどうだ？」

「いいね。それ採用」

無論、二人だからといって安心はできないし、絶対にトラブルに巻き込まれないとは限らない。だが、夜遅くに女子高生が一人で歩いているよりはマシ。……そんな理屈を、いちいち説明する必要はないだろう。

「最後に連絡先交換しとかない？」

「確かに。必要になるかもしれないしな」

「必要なら電話でお母さんに説明してあげようか」

「やめてくれ」

「冗談に決まってるでしょ」

加瀬宮ってこんな冗談もとばせるんだな。

そんなことを考えている間に、連絡先の交換が終わった。

「成海ってアイコンの画像、設定してないんだ」

「特にこだわりとかないからな。加瀬宮は……」

メッセージアプリに加瀬宮小白のアカウントが追加される。名前の左横に表示されているアイコンは、真っ白な猫が映っていた。

「……猫、好きなのか？」

「好きだよ。飼ってみたいけど、ママが許してくれないから動画で満足するようにしてる」

「教室とかファミレスでいつも見てたのは猫動画か」

「猫動画は家でしか見ない。顔、緩んじゃうから」

あの拒絶たっぷりのクールフェイスが緩むところか。ちょっと見てみたいな。

「教室とかファミレスで見てるのは映画」

「へぇー。オススメとかあったら教えてくれよ。部屋に引きこもる理由がほしい」

「オススメか……分かった。家に帰ったら何か考えとく」

「ありがとな。……んじゃ、この辺で解散するか」

「……だね」

まだ喋っていたい。加瀬宮も同じことを考えていたのか、どこか名残惜しい空気が流れる。

「じゃあ、おやすみ。成海」

「ああ。おやすみ、加瀬宮」

「――明日の放課後、いつもの店に集合で」

第二章　居心地の悪い家

同盟相手の気遣いによってもたらされた、いつもより少し遅めの帰宅時間。『辻川』という戸籍上の姓が刻まれた表札を横目に、心なしか重い新居の鍵をあける。

そのまま息をひそめて見つからないように二階へと直行……したいところだが、流石にリビングには顔を出すようにはしている。

「………ただいま」

「おかえりなさい」

リビングのテーブルの上にタブレットを広げて原稿を書いていた母さんが顔を上げ、俺の帰宅を出迎えてくれた。

「おかえりなさい、紅太くん。バイトお疲れ様」

そして母さんと一緒に俺を出迎えてくれたのは、辻川明弘さん。

俺の新しい父親であり、母さんの新しい夫となった人。

……仕事も忙しいはずなのにこうして俺を出迎えてくれるあたり、やっぱり良い人だ。

「今から真紀子さんにコーヒー淹れるんだけど、君も飲む？」

「あー……えっと、俺は大丈夫です。ありがとうございます」

「そっか。もう夜だもんね」

特に気を悪くした様子もなく、明弘さんは母さんの分のコーヒーを淹れる。

「じゃあ……俺、部屋に戻ります。おやすみなさい」

「うん。おやすみなさい。ゆっくり休んでね」

何のためにリビングに顔を出したのか。それを特に指摘することも突くこともなく、明弘さんは二階の部屋に向かう俺をそのまま見送ってくれた。

……本当に、良い人だ。

明弘さんと接していると、つくづく思う。

俺は子供だと。そして未だ馴染めていない、それどころか逃げてすらいる自分の不甲斐なさ、彼らへの後ろめたさを。

――お前は、どれだけ俺を失望させれば気が済むんだ？

「……あー……くそっ。嫌なこと思い出した」

頭の中にフラッシュバックする、アイツの声。

今になっても忘れられない、自分の奥深くに刻まれ、こびり付いた記憶。

「クソ親父……」

本当にどうかしている。明弘さんみたいな良い人を素直に「父さん」と呼べないくせに、あのクソ親父のことは未だに「親父」と呼ぶことができるなんて。

こういう時、嫌というほど自覚する。

俺の中で『父親』という存在は自分で思っている以上に染みついているということ。『父親』が今もなお俺の心の中に居座っていることを。

……さっさと風呂に入って寝て……いや。寝る前に映画でも見るか。家まで帰ってくる間に、加瀬宮からさっそく『取り急ぎのオススメ』として何本かの映画の名前がスマホに送られてきたし。心の中でそう決め、足早に二階の廊下を歩こうとした矢先だった。

「おかえりなさい、兄さん」

かけられた声の主は、一つ年下の少女。

やや小さめの体格を淡い色のルームウェアで包み込んでいた。腰まで伸びた髪は乱れ一つなく、佇まいや所作から清楚で上品な印象を受ける。

「あぁ……うん。ただいま、辻川」

俺がなんとか絞り出した一言だけれども、失言だということも分かっている。

彼女は義理の妹であり、名前は辻川琴水であり、義理の兄である俺が彼女のことを呼称するのならば『琴水』が正しいのだろう。妹のことを苗字で呼ぶ兄などいない。ましてや彼女はつい最近まで赤の他人だった俺のことを『兄さん』と呼んで歩み寄ってくれているのだ。俺の

方がこんな体たらくでは内心、面白くはないはずだ。

「惜しいですね。そこは気安く気軽に『琴水』って呼んでくだされば、兄さんに義妹ポイントを十点あげてたんですが」

何だよ義妹ポイントってという疑問はあるものの、これは辻川なりの気遣いだろう。

上手く兄として振る舞えない、家族として馴染めていない俺の負担にならないように、わざとおどけていることぐらいは分かる。……分かるからこそ、自分が惨めだ。こうやって気遣わせてしまっている自分が、どこまでも惨めで、情けなくて。

「今日は、いつもより帰りが遅かったですね」

「悪かった。ちょっと友達を家まで送ってたんだ」

さっそく締結したばかりの同盟を利用させてもらう。

「友達？　噂に名高い犬巻先輩ですか？」

「いや、別の友達だ」

「別の……実は女の子だったり？」

鋭い質問に思わず言葉が詰まった。そんな俺の反応を見て辻川は、にまっとした愛嬌のある笑みを浮かべる。

「ふふふ。無粋な質問でしたか。それは確かに、帰りも遅くなりますよね」

「……言ったろ。友達だよ。お前の思ってるような関係じゃない」

「分かりました。そういうことにしておきますし、お母さんやお父さんには黙っておいてあげます。兄に対するこの気配り……わたしに義妹ポイント、十点です」

おちゃらけた義妹の振る舞いをしながらも、辻川は母さんたちがいる下の階へと続く階段へ軽く目を向ける。

「事情は分かりましたが、これからは連絡の一つぐらいは入れてあげてくださいね。お母さん、心配してましたよ」

…………お母さん、か。

凄いな辻川は。俺はまだ明弘さんのことを面と向かって「お父さん」とすら呼べていないのに。だからこそ自分の情けなさと後ろめたさが腹の底で顔を出す。

「悪い。これからは気をつける」

「それがいいと思います。妹のお小言に対して素直に反省する兄さんには、義妹ポイント五点をあげちゃいますね」

そう言うと辻川は背を向けて、自分の部屋へと戻っていく。

「……兄さん。気持ちは分かりますが、お父さんとお母さんのためにも、できるだけでいいので、家にいてくださいね。みんな揃って一緒にいるのが『普通の家族』ですから」

辻川の言葉に対し、俺は何も言うことができなかった。

できる気がしない約束を最初から結ぶことに躊躇いがあったからだ。辻川も返事がくることは期待していなかったのだろう。その後は何も言わぬまま、部屋の扉が閉まった。

気持ち的には大きなボス戦を終えたような感じだ。安堵の息を吐き出し、部屋に戻ったところで——ふと、思う。

俺は廊下で辻川と出くわしてしまった。つまり、辻川は一階に下りる用があったはずだ。

……だったら。辻川のやつは、結局なにをしに部屋から出てきたんだろう。

小さな謎を残して、その日の夜は過ぎていった。

☆

翌朝。

顔を洗ってからリビングに入ると、朝の爽やかな空気によく合う上品な香りが漂っていた。

「おはよう、紅太くん」

「……おはようございます」

よし。これで朝の挨拶ノルマ達成。……ノルマと感じてしまう自分が嫌になってくるな。

「おはよう、紅太。ほら、あんたもはやくテーブルについて。朝ごはん、今日も琴水ちゃんが作ってくれたんだから」

テーブルの上には白米に鮭の醤油焼き、味噌汁に小松菜などの副菜が揃っていた。

お手本のような朝食だ。母さんと二人で暮らしていた頃は、だいたいがトーストだったっけ。母さんは仕事柄（？）夜更かしをすることが多く、朝はそれだけで済ませることが多かった。勿論、それに不満を抱いたことはない。むしろ俺のために余計な時間をとってほしくはないとさえ思っていた。そんなことがあったもんだから、ここまで凝った朝食が出てくると毎回ちょっと驚いてしまう。

「いただきます」

テーブルについて俺もありがたく朝食にありつく。

「あー、美味しい。こんな朝食を毎日食べられるなんて幸せねー」

「ありがとうございます、お母さん。苦手なものはありませんか？」

「ないない。琴水ちゃんが作ってくれたものなら、なんでも美味しいわよ。ね、紅太」

「あ、ああ、うん。どれも美味しいよ」

「それは何よりです。……まったく、お父さんも少しは二人を見習ってくださいよ？　未だにピーマンが食べられないなんて」

「うっ。だ、だって苦いんだから仕方がないじゃないか」

「子供じゃないんですから」

「面目ない……」

傍から見ればきっと一家団欒の一幕、なのだろう。たぶん。

しかし、俺は知っている。この一家団欒の会話は、ある話題をできるだけ避けるようにしていることを。例えるなら、見えている地雷を避けながら慎重に地雷原を進んでいるような。そんな感じだ。そしてその地雷原を構築しているのが他ならぬ俺自身だという自覚があるだけに、申し訳なさと居心地の悪さが体を苛む。

「そういえば琴水。もう高校には慣れたか？」

「はい。特に問題はありません」

「部活には入ってないみたいだけど……遠慮しなくてもいいのよ？」

「一応、色々と誘われてはいるのですが……まだ決めかねている段階で。何かやってみたいとは思っているんですけどね」

「そう。じっくり考えてね。きっと琴水ちゃんなら、何をやったって上手く――――」

そこで、母さんの言葉が途切れた。誤って地雷を踏みぬいてしまったような、そんな顔だ。

「そうだな。辻川なら、きっと何をやっても上手くいくと思う。だから気負わず、じっくり考えてみるのがいいんじゃないか」

途切れた母さんの言葉を上手く繋げることができただろうか。

そんなこと、二人に訊いてみるわけにもいくまい。

「ごちそうさまでした」

丁寧に作られた朝食を一気にかきこんだ俺は、そのまま食器を片付けてしまう。

「じゃあ俺、先に行くわ。いってきます」

「え、ええ。いってらっしゃい」

鞄を掴んでそのまま家を出る。いつもより登校時間は随分と早めだが、仕方がない。

気兼ねない一家団欒の場に、俺は邪魔だ。

☆

――端的に言えば、俺は父親の期待に応えられなかった子供だ。

運動も勉学も、父親の満足する水準に到達したことはない。それが母さんが離婚する原因となった。

そして再婚相手の明弘さんには、何をやらせても完璧な辻川琴水がいた。

出来損ないの俺と、完璧な義妹。

これは明言したわけではないが――明弘さんと再婚し、辻川琴水という完璧少女を迎えた母さんは、きっと心に決めたのだろう。

父親から出来損ないとして見捨てられた俺を刺激するような話題は言わない。

たとえば、兄と妹を比較しない。

たとえば、妹の優秀さを褒め過ぎない。

たとえば、個人の能力に関して言及しない。

俺と接する時は、それらの話題をNGワードとしている。

無論、離婚の経緯は明弘さんにも共有されていることだろう。

それが母さんなりの気遣い。新しい家族としてのルール。

だけどそれは、義妹たる辻川琴水が本来受けるべき称賛を損ねるルールでもある。

難しいと思う。出来損ないの息子と優秀な義妹を持つ親としての振る舞いというものは。

ただ……そうした『気遣い』は、どうしても俺には伝わってしまう。

気遣われていることが分かっていると、やはり居心地は悪くなってしまうものだ。

が、母さんは悪くない。明弘さんだって悪くない。辻川琴水が悪いわけがない。

では誰が悪いのか？　そんなのは決まっている。

成海紅太という出来損ない。ただ一人。

新しい家族の団欒を壊しているのは、他でもない。俺なのだ。

「それが分かってるからこそ、居づらいんだよな……あの家は」

☆

憂鬱な朝の団欒（だんらん）から逃げ出すようにして学園に登校した俺は、昼休みになってある事実に気がついた。

「やべっ。昼飯買うの忘れてた」

いつもは昼食を途中のコンビニで買うようにしているのだが、今日に限ってはとにかくあの居心地の悪い家から逃げ出すことで頭がいっぱいで忘れてしまっていた。

「そうなんだ。どうする？　食堂行く？」

「今から行っても混んでるだろうしな……購買でパンでも買ってくるわ」

「じゃあ僕もついていっちゃおーっと」

「お前、弁当あるだろ」

「当然、そっちも食べるよ？　でも午後のおやつ用に買っときたいじゃん」

「午前のおやつもあるのか」

「今朝はバウムクーヘン。学園近くのコンビニのでさー、卵が甘くて美味（おい）しいんだよね」

「授業中になんかもそもそやってたのはそれか」

……まあ、同じ食べ盛りの男子高校生として小腹が空いてしまうのはわかるが。

「ついでにジュースも買っちゃおーっと。たしか期間限定のがあったんだよねー」

「あのにんじんソーダか。このチャレンジャーめ」

「そ。なんか気になるじゃない。紅太はいつものメロンソーダ？」

「お前ほどの冒険家じゃないからな。それに、メロンソーダを売ってる自販機は貴重なんだ。せっかくだし味わっておきたいだろ」

その後、昼食用のパンとメロンソーダを無事に確保して、速やかに教室へと帰還する。

「ありゃ？　なんだろ」

パンを抱えて席に戻り、少し遅めの昼休みを堪能しようとしたところで、教室の中が何やら盛り上がってることに気づいた。

「よーし。じゃあ今週の金曜日にクラス会、やるか！」

教室の中心にいる男子……沢田の声に、周囲のクラスメイトたちが勢いよく返事していく。

沢田——沢田猛留。

百七十センチ後半の身長に、夏の清涼感を彷彿とさせる爽やかな顔立ち。佇まいや空気感から、頭の中に王子様という単語が自然と浮かんでくる。

我が星本学園が誇るバスケ部のエース。それだけでなく成績もトップクラスで生徒や教師を問わず人望も厚い。

加瀬宮とは正反対の意味で、この学園では有名人の王子様だ。それこそ、噂話に疎い俺でも知っている程度には。

「クラス会かー。去年の僕らのクラスじゃなかったよね」

「そもそもクラス会ってなんだ」

「みんなでお菓子食べたりして騒いだりとか。人数が多いし、だいたいはカラオケとかじゃないかなぁ」

つまりパーティーみたいなもんか。

トップカーストに君臨する王子様が好きそうな催しだ。

様子を見たところ、どうやらついさっき突発的に決まったものらしい。行動力の違いをまざまざと見せつけられているようだ。

「じゃあ、参加するやつはクラスのグループに連絡いれてくれ」

メッセージアプリのグループに、クラス会の詳細に加えて次々と参加を表明する声が流れ込んでくる。

「紅太は来るの？　バイト入ってなかったよね」

「パスだな。その日は家にいるために休みにしてんだ。たまにはこういう日を作って調整しとかないと、母さんに悪い」

何より今朝の件もあるからな。少しは母さんを安心させないと……と、そんなことを考えながら、さっそくグループに不参加のメッセージを送る。

「じゃあ僕も不参加っと」

「行きゃいいのに。お前、こういうの好きだろ」

「好きだけどさー。実は同じ日に他の子たちから遊びに誘われてたから、どっちに行こうか迷ってたんだよね。紅太は普段バイトしてるから、クラス会に来るなら行こうと思ったけど……来ないなら他のクラスの子と遊んだ方が色々と幅が広がっていいし」

沢田王子の効果もあってか俺と夏樹以外のクラスメイトは、大半が参加を表明していた。

「加瀬宮さん」

沢田が声をかけた途端、周りの空気が一瞬だけ凪のように落ち着いた。かと思うと、その視線に熱がこもり、二人のクラスメイトに集中する。

……俺はこの視線に込められた熱の名前を知っている。

これは――――好奇心、だ。

「……なに？」

白と銀のヘッドフォンを外し、加瀬宮は自分の席まで近づいてきて声をかけた沢田に問いかけを返す。……今なら分かる。あの横向きのスマホが映画を再生していたということを。

「金曜の放課後にクラス会をやるんだけど、加瀬宮さんも来ない？」

「行かない」

清々しいまでにバッサリと切り捨てる加瀬宮。

彼女にとっては学園の王子様からのお誘いも大して興味をそそられないらしい。

「急に決めちゃってごめん。予定が入ってたかな」

「あんたには関係ない」

そっけないどころじゃない。もはや絶対零度だ。あまりにもな温度感に沢田ファンと思われる女子からは嫌悪感が滲みはじめている。

「わかった。じゃあクラス会は不参加にしとくね。……最後にさ、連絡先だけ教えてもらえないかな？　今回みたいにクラスで何かする時、グループで連絡とれると便利だし」

そういえばこのグループに参加している人数の総数が三十四人に対して、二年Ｄ組生徒の総数は三十五人。計算上、このグループには一人だけメンバーが欠けていることになる。

その一人は加瀬宮小白だったというわけだ。……クラスメイトからまたお姉さんのことを質問攻めされることもあるだろうし、こういうグループに参加してないのは加瀬宮なりの自衛策なのだろう。

「それ、前にも断ったはずだけど」

「気が変わったかと思ってさ」

「変わってない」

「じゃあ、オレ個人と連絡先を交換するのは？　グループの通知が鬱陶しいっていうなら、オレが連絡用の窓口になるし。次にクラス会やる時も参加する時はオレに言ってくれれば、みんなに伝えるからさ」

おお、上手い。……と、俺は呑気にも心の中で称賛を贈ってしまった。

最初から加瀬宮が断ることを計算に入れた申し出だ。加瀬宮からすれば煩雑なグループ通知を一本化できるというメリットも提示している。

「要らない。そもそもクラス会とか興味ないから」

……が、加瀬宮にとってはそれも魅力的には映らなかったらしい。有名人の姉に近づくために利用されることも珍しくないであろう彼女からすれば、連絡先を交換する相手をできるだけ絞りたいというのが本音だろう。

「わかった。でも、気が変わればいつでも言ってくれていいから」

「そりゃどーも」

クールな態度を崩すことのないまま、加瀬宮は沢田との会話を切り上げる。

二年の王子様たる沢田ですら攻略できないとは。加瀬宮小白、恐るべし。

「なにあれ……偉そうに」

「沢田くんがせっかく誘ってくれたのに」

「姉が有名人だからって調子乗ってるんじゃない？」

「それありえる。だって加瀬宮さんだし？」

「いいよねー、有名人の妹は。好き放題できてさ」

声を抑えてはいるものの、陰口をきくにはボリュームはやや高い。

本人に聞こえても構わないとでも言いたげなその陰口は、教室という密閉された箱の中では不思議とよく聞こえてきた。

当の加瀬宮本人は既にヘッドフォンをつけて映画の世界に戻っていたが、その態度すらも癇に障るらしい。周りの加瀬宮に対する視線は明らかに棘を含んでいる。

これが加瀬宮なりの自衛策なのだろう。

ああやって誰も寄せ付けず、拒絶して、陰口を叩かれながら、一人で過ごす。孤独を選べる強さが……俺には眩しい。

「…………」

パンをもそもそと食べつつ、スマホの画面にあるメッセージアプリを立ち上げる。

あまり多くない連絡先の一覧には『kohaku』という加瀬宮小白のアカウント名と、白い猫のアイコンが表示されていて、それをタップしてトーク画面を開く。

●紅太：連絡先、交換しなくてよかったのか？

……何を送ってるんだ。俺は。余計なお世話だろ。どう考えても。

送ってすぐに後悔して、メッセージを消してしまおうとした瞬間——

●kohaku：絶対にしない

消してしまう前にメッセージが返って来てしまった。てっきり余計なお世話とか、そういうことを言われると思ってたけど、特に怒っている様子もなさそうだ。

●紅太（こうた）：また訊（き）かれるかもだし、交換してた方が楽じゃないか？

●kohaku：交換したらしたで、メッセのやり取りするのがめんどう

●kohaku：しかも他の女子から無駄に嫉妬されるし

●kohaku：クラスのグループに入ったら、そこからまた申請とかとんでくるし

●kohaku：拒否したら反感買うし、追加したらしたでメッセのやりとりがめんどうだし

●紅太（こうた）：どっちに転んでも損するってことか

●kohaku：そういうこと

●kohaku：あと、下手にかかわってると

●kohaku：知らない間に外堀を埋められて勝手に彼氏彼女の関係にされたりとかもするし

●kohaku：そんで私がこっぴどくフッたことになって、悪者にされる流れだよ

恐らく過去にそういうことをされた経験があるのだろうか。

確かにこれなら最初から全部断ってた方が楽だろうな。

加瀬宮の容姿は学園でもズバ抜けているし、アイドルと言われても驚かないぐらいには美人だ。その分、昔からそういうトラブルは多かったのかもしれない。

●紅太：急に変なメッセ送って悪かった

●kohaku：成海ならいいよ

●kohaku：連絡先も成海以外に教える気ないし

……俺ならいいのかよ。どういう基準なんだ。

●紅太：同盟を結んだから？

●kohaku：同盟を結んだから

●kohaku：あと

●kohaku：成海と話すの楽しかったから

――俺も加瀬宮と話すの楽しい。そう打ち込もうとして、文字を消す。

真正面からそう言うのはなんか、恥ずかしい。誤魔化すように適当な猫モチーフのキャラクターのスタンプを送ってお茶を濁す。

●kohaku：私も買う

●紅太：落ち着けよ

●kohaku：かわいすぎ

●kohaku：まって

●kohaku：なにそのスタンプ

少しの間を置いて、さっそく購入したらしいスタンプが送られてきた。

●紅太：はやっ

●紅太：どんだけ猫好きなんだよ

●kohaku：こんだけ

●紅太：連打すんな

●kohaku：やだ

連続でスタンプが送られてくる。どうやらかなり気に入ったらしい。

――最後に連絡先交換しとかない？

ふと、昨夜のやり取りが頭の中に思い浮かぶ。

思えば、沢田ですら得られなかった連絡先の交換を申し出てきたのは加瀬宮の方からだった。

「――た。こ――」

アレは同盟相手としてお眼鏡にかなったということなのだろうか。

「こう――こ――」

二年生の王子様ですら手に入れられなかった連絡先がここにある。

そう思うだけで、買い替えてまだ一年ぐらいしか経っていないスマホが、少し熱を帯びたような気がした。

●kohaku：さっきから呼ばれてるよ

加瀬宮からまたメッセが来た。呼ばれてる？　俺のことか？
一体誰に呼ばれて――

「――紅太っ」

「……っ⁉　な、夏樹？」

「そうだよ。さっきから呼んでたのにぜんぜん返事しないんだもん」

むすっと頰を膨らませる夏樹。この仕草もこいつがやると無駄に愛嬌があるな。

「あ、ああ。悪い。ちょっとスマホ見てて気づかなかった」

「みたいだね。夢中になり過ぎて僕の声にも気づかないぐらいだし」

「だから悪かったって。で、何を話そうとしてたんだ？」

「これだよ」

そう言って夏樹が取り出したのは、見たところ映画の前売り券のようだ。しかも二枚。

「紅太、前にこれ気になるって言ってたでしょ。友達から貰ったからあげるよ」

「そりゃありがたいけど、いいのか？　自分で観に行くとか」

「僕も貰ってるよ。けど貰い過ぎちゃってさ、ちょっと持て余してたんだ。友達に映画関係者が複数いると、こういう時に困っちゃうよね」

「お前の交友関係の広さを改めて思い知ったよ」

まさか学生だけでなく社会人、しかも映画関係者を複数抱えてるってどんな交友関係だよ。

「せっかくだし一緒に観に行くか？」

「それはとてもとても魅力的な提案だけど、今回は遠慮しとくよ」

「珍しいな。普段はお前から誘ってくるのに」

「今回もそうしようかと思ったけどね。せっかくだし、新しい友達の方を誘ってきなよ」

「なっ………」

「なんで知ってるかって？ 分かるよ、それぐらい。これでも幼馴染だからね。何年紅太のこと見てきてると思ってんのさ。ましてや、さっきから楽しそうにスマホでメッセのやり取りしてたら、そりゃ『新しい友達ができたんだな』ってことぐらい分かるよ」

思わず、手で自分の頬を押さえる。そんなにも分かりやすい奴だったか、俺って。

「……そんなに楽しそうにしてたのか」

「してたしてた」

……夏樹って鋭いとこがあるからな。俺が特別顔に出やすいわけじゃないと信じたい。

「いやぁ、嬉しいよ。紅太って友達少ないから。交友関係が広がって何よりだ」

「悪かったな、友達が少なくて」

「本当に喜んでるんだよ、これでも。居心地の悪い家から逃げることしかできない紅太に、新しい居場所ができたんだなって。それが僕じゃないことがちょっとばかり残念だけど」

どうやら夏樹には俺が思っていた以上に心配をかけていたらしい。

「……ありがとよ。夏樹」

「どーいたしまして。楽しんできなよ」

夏樹からもらった前売り券は、予告が面白そうで気になってたバスケットを題材にした青春映画だ。SNS見た感じでは評判も良いし、あらすじを見た限り面白そうだ。

（そういえばこれシリーズ物だっけ。これの過去作、加瀬宮がくれたオススメリストにも載ってたな。今日は帰ったらこの過去作を観てみるか。新作観る前の復習にもなるし）

チケットを折りたたんでスマホカバーの手帳に仕舞う。

たった二枚の紙きれを手に入れただけなのに、心なしかいつもより放課後が待ち遠しくなってしまった。

☆

今日も今日とてバイトを終えた俺は、そのまま帰り道にあるファミレスへと直行した。

加瀬宮からはバイト前に『先に行ってるから』という連絡をもらっている（さっそく購入した猫スタンプ付きで）。

店に入っていつもの席へと案内してもらうが、今日からは違う。店の中にある『いつもの席』を確認………いた。

今日も鮮やかな金色の髪が眩しく、白と銀のヘッドフォンをつけてスマホで映画を眺めている。

見た目は派手。だけど座っているだけでどこか絵になるのは流石というべきか。

「あ。来た」

「……来た、な」

俺と加瀬宮は、昨日気が合って意気投合（？）したばかりで、以前から親しくしていた仲じゃない。それこそずっと他人だったわけで。あまり馴れ馴れしいのとも違うし、接する時のノリというか、テンションというか。とにかくそういうのがまだ摑み切れていない。

「なに固まってんの」

「トーク画面のメッセはともかく、実際に顔を合わせての接し方にちょっと迷った」

「……それ、ちょっと分かる」

どうやら加瀬宮も同じことを感じていたらしい。こんなところまで気が合うとは。

「いいんじゃない？　気楽な感じで。こんなところで気を遣いたくないでしょ、お互いに」

ただでさえ家では気を遣ってるのに、というニュアンスが込められていることは俺にもすぐわかった。

「……だな。こんなところでも気を回してたら身が持たねぇわ」

「そ。私たち、同盟関係でしょ。お互いが疲弊したら本末転倒ってやつじゃない？」

加瀬宮の言葉に頷きながらメニューを広げる。

「おぉ、期間限定ぶどうフェアか」

「ぶどう好きなの？」

「普通だ。けど、いつもは定番メニューをローテーションしてるからな。こういう限定モノは味に変化がついて助かる」

「いつも同じの食べてると飽きるしね」

「飽きるほど通っている俺たち側にも問題はあると思うけどな……うん。デザートだからこれは食後だな。とりあえず今日の晩飯はパスタにするか」

ドリンクバーもセットでつけて注文を終え、グラスにメロンソーダを注いで席に戻る。

「最初はいつもそれ入れてるよね。マイルールでもあるの？」

「えっ、そうか？　無意識だったわ……」

「あははっ。無意識って。どんだけ好きなの、メロンソーダ」

こうして目の前で笑っている顔を見ると、教室で抱いている印象よりもずいぶんと柔らかく思えるのは俺がチョロいのだろうか。

「そういう加瀬宮(かぜみや)は……なに飲んでるんだ？」

「いろいろ。あ、でも紅茶が多いかも」

「コーヒーは苦手なのか？」

「そういうわけじゃないよ。チェーン店のはよく飲むし……あれ。なんでだろ」

「そっちも無意識かよ」

「だね」

そうか。加瀬宮は紅茶派か。前から何を飲んでるんだろうとは、少し気になってはいたのだが。まさかそれを知れる日が来るとは思ってもみなかった。

その時、タイムリーにもドリンクバーコーナーから、香り的にコーヒーを入れたであろう人が俺たちの席の傍を通り過ぎていった。

「……あぁ、そっか。なんとなくわかったかも」

コーヒーの香りは加瀬宮にも届いていたのだろう。

どこか自嘲するように、通り過ぎていった人の背中を眺めている。

「コーヒーの香りが嫌だったんだ。家にいる気がしてくるから」

お姉さんか両親が普段からコーヒーを飲んでいるのだろうか。

まぁ、俺にとってはどうでもいい。他人の家のことには口を出さないし、踏み込まない。

ある意味で、それが俺にとってのマイルールなのだ。

愚痴を聞く側にまわったところでそれは変わらない。

「そうか」

「どうでもよさそうな返事」

「実際、どうでもいいからな」

「…………ほんと、成海のそういうところ楽でいいわ」

「どういうところだよ」

「私の家のことに踏み込んでこないとこ」

「愚痴を吐き出す相手として、そこを見込まれたと思ってる」

「全人類がそうだと助かるんだけどね」

疲れ切ったような加瀬宮の顔。更に心なしか、ちょっとそわそわとしている……これはもしかして、アレか。さっそくか。

「…………さっそく愚痴を吐き出したいなら、聞けるだけ聞くけど」

「…………マジ？　つか、よくわかったね。愚痴が言いたいって」

「よくバイト先の人に愚痴を聞かされるからな。そういう気配はわかるようになってきた」

「気配て」

何かがツボに入ったのか、加瀬宮は噴き出した。

「そもそも、そういう同盟だろ」

「助かるわ。ほんと。成海を選んだ私の目は間違ってなかったね」

そう前置くと、加瀬宮は大きなため息と共にテーブルに突っ伏した。

「あー……もう、ほんっっっっとうに疲れる。お姉ちゃんに会わせろだの連絡先を教えてほしいのサインが欲しいだの……二年生になって、またそういうのがぞろぞろ出てきてさー。うざい。邪魔。話しかけないでほしい」

「うちのクラスでそういうこと聞いてくるやつ、まだいたのか」

「うちのクラスからはもういない。だいたいは他のクラスの連中とか……あと、一番多いのは一年生かな」

「なるほど。新入生なら何も分からないだろうし……大変だな」

「そーだよ大変だよ。メッセでも少し話したけどさ……今日は、特に沢田がサイアクだった。成海も見てたでしょ」

「まあ、見てたが……」

「なんなのあいつ。そもそもクラス会とか興味ないし、おまけに個人で連絡先を教えてくれとか言ってきたせいで、他の女子には睨まれるし……」

「沢田はファンが多いからな。なにせ二年生が誇る王子様だ」

「あんなことして自分のファンがどう思うかも考えないなんて、ご立派な王子様だね」

スレてるなぁ……。無理もないか。お姉さんの信者に加えて、王子様の信者まで相手にしてたらそりゃ疲弊もする。

「成海から沢田に言ってくれない？　自分のファンぐらい管理しとけって」

「無茶言うなよ」

「同じ男子じゃん」

「あんなカーストトップの殿上人と、底辺を這いつくばるだけの一般市民を同じにするな。

手足がついて動いてることぐらいしか共通点がないぞ。間違ってそんなこと言ってみろ。世が世なら二秒で打ち首だ」

「なにそれ……ふふっ」

と、加瀬宮がまた謎にウケたタイミングで注文したパスタが運ばれてきた。

「いただきます」

「成海ってさ、いつもちゃんと『いただきます』と『ごちそうさま』を言うよね」

「ヘンか？」

「お行儀がよくていいと思う」

「お行儀よくしたいわけじゃねぇよ。ちょっと前まで母さんと二人で暮らしてたからな。母子家庭だからどうのこうのとか、母親の育て方が悪いだとか、そういうことを言わせないための自衛の一種みたいなもんだ」

「ふーん。そっちも色々大変なんだね」

「一応言っとくけど、俺は俺で幸せだぞ。再婚して母さんも幸せそうにしてるし」

「安心して。同情なんてしてないし、する気もないから」

加瀬宮は俺のことを楽だというが、そういう加瀬宮の方こそ俺からすれば楽だ。

「……ん」

黙々と夕食を食べ進めていると、母さんからの着信が入った。

「悪い。でていいか」

「気にしなくていいよ」

了承を得て電話にでる。

「もしもし、母さん？」

『紅太。あんた今、どこにいるの？』

「バイトから帰ってるとこ」

『……また寄り道？』

「ああ。まあ、ちょっとな」

昨日とまったく同じやり取りを繰り返すのかと思っていると、電話の向こう側で微かに母さんの息を零す音が聞こえてくる。

『………ごめんね。母さんが今朝、あんなこと……』

「えっ」

『「あの人」みたいなこと、言ったから……違うの。別に琴水ちゃんを贔屓してるわけでも、あんたに失望しているわけでもなくて……』

「そんなこと気にしてないから」

今朝の一件は母さんの中ではまだ尾を引いているらしい。

『だから今日も遅くなるんでしょう？　昨日はいつもより帰ってくる時間も遅かったし……こ

のまま家に帰ってこなくなるんじゃないかって、考えちゃって』

「違うって。昨日は友達と会っててさ。話も弾んじゃって……それにそいつ、女子だから。家まで送ってったんだよ。ほら、一人で歩かせるのは危ないだろ？　今日も同じでさ。店で話してて、だから遅くなってるだけで……」

『あんた、女の子の友達なんていないでしょう。わざわざそんな嘘つかなくたって……』

「嘘じゃねぇって！」

多少誤魔化している部分もあるが、殆ど嘘じゃない。加瀬宮と話が弾んでいることも、彼女を家まで送っていることも事実だ。けど母さんは信じてはくれないらしい。……当然か。実際、加瀬宮と同盟を組むまで女っ気なんてなかったもんな。

どうすれば信じてもらえるのかと頭を悩ませていると、加瀬宮が指で軽く肩を叩いてきた。

「電話、代わろうか？」

「え？」

「私が電話したら信じるでしょ」

言われてみれば確かにそうだが……ダメだ。他に解決策が思い浮かばない。

「悪い。頼む」

「任せて」

結局、俺ができるのは素直に同盟相手を頼ることだけだった。

「もしもし。お電話かわりました。成海くんのクラスメイトの加瀬宮です」

「……はい。昨日はすみません。私のことを気遣って、家まで送ってくれたんです。それと、今日も息子さんをお借りしてしまってすみません……はい。……はい。では、失礼します」

何やら色々と話し合ったあと加瀬宮からスマホを返却された俺は、あらためて母さんとの通話を再開する。

「……もしもし」

『あんた、いつの間に女の子の友達なんてできたの？』

「……割と、最近？」

『そう……ごめんね。ヘンに疑うようなことばかり。ダメね。あたしも、「あの人」に縛られず、もう前に進まなくちゃいけないって分かってるんだけど……』

「……俺は気にしてないし、別にいいよ。母さんが幸せなら、それでいいから」

『……うん。ありがとう』

どうやら落ち着いてくれたらしい。よかった。

母さんがこうやって心配したり考えすぎてしまうのも、もとはといえば俺に責任がある。

だからあまり気にしてほしくないし、余計なことも考えてほしくない。最後に『加瀬宮さんによろしく。ちゃんと家まで送ってあげなさいよ』なんてお言葉まで賜り、通話を切る。

「余計なお世話だった？」

「正直、助かった。ありがとう」

「こういう時のための同盟だしね……てか、でしゃばった自覚もあるし。ごめん」

「母さんと電話してくれ、なんて俺からは頼みづらいし、むしろありがたかったよ」

「……そう言ってもらえると助かるわ」

その後、食後にぶどうパフェを注文し、また少し雑談に興じてから俺たちは店を出た。

「そういえばオススメしてくれた映画、見たぞ」

「早っ。えっ。もう見たの？」

「オススメ送ってきたやつが何言ってんだ」

「そうだけど、昨日はもう遅かったし」

「…………気分転換したかったんだよ」

思えばあの時は、親父（おやじ）のことを思い出して嫌な気分になっていたからな。

「そっか。役に立ったならよかった。で、何見たの？」

「『ダブルキャット』」

加瀬宮（かぜみや）からオススメされた映画の一つだ。黒猫と白猫の二匹の猫が探偵となって、動物たちの暮らす街を舞台に駆け回り事件を解決していくバディ物のアニメ作品だ。登場するキャラクターたちは動物を人型にデフォルメしたもので、可愛（かわい）らしく愛嬌（あいきょう）があってファミリー層を中心に大ヒット……っていう概要をネットで見た。近々、続編が公開される予定らしい。

「どうだった？」

「…………正直に言っていいか」

「…………いいよ」

加瀬宮の頷きに対して少しの沈黙を置き、俺は率直な感想を口にした。

「めちゃくちゃ面白かった」

「でしょ」

昼間あれだけクールな拒絶を見せていた加瀬宮の頬が緩んだ。

「アクションがすげぇかっこいいし、ストーリー展開が王道で少年漫画みたいな熱さがあるよな。特に白猫のトライが組織に捕まった後、黒猫のトレフが敵の幹部に襲撃を受けるシーンがあるだろ？　あそこでトレフが決意を固めて、立ち上がるシーンが最高だな。一番好き」

「わかる。私もあそこが一番好き」

「あそこで摑む逆転のアイテムさ、序盤に伏線があったよな？」

「そう。探偵事務所のとこね」

「やっぱり。気づいた時、思わず声出たわ。夜なのに」

「私も最初見た時に声出そうになった。手で口を塞いで堪えたけど……ふふっ」

「ん？　どうした？」

「……なんか、楽しくてさ」

そう言って笑う加瀬宮の顔は、本当に楽しそうで。日も沈んで暗がりに落ちた世界の最中にあっても、輝いて見えた。

「私が映画を見てるのは、ただ家の外で暇潰しをするためでしかないんだよね。正直、誰かと感想を話したいとかも思わなかったし。実際、友達にはオススメとかしたことなかったし……でも、実際に感想を話してみると、けっこー楽しくて。なんか笑っちゃった」

「俺でよけりゃいつでも話し相手になってやるよ」

「ホントに？」

「俺も映画とか見たら感想とか話してみたいし」

バイトで稼いだ金も使い道が特にない程度には無趣味だ。

だから、映画という趣味がある加瀬宮のことがちょっと羨ましいぐらいで。

「……あ。映画といえば…………」

危うく忘れるところだった。スマホの手帳に挟んでおいた前売り券を取り出す。

「前売り券を貰ったんだ」

「それ、最近話題になってるバスケ映画？」

「らしい。よかったら、一緒に観に行くか？」

「えっ。いいの？」

「せっかく二枚貰ったんだ。一人で二回観に行くのもいいけど、誰かとシェアしてもいいだろ。

それにこの映画、加瀬宮が好きそうな感じだし」

「よく分かったね」

「なんとなく。で、どうする？」

「……ありがとと。行く」

約束もしたところで前売り券を渡しつつ、スマホでカレンダーを表示する。

「で、いつ観に行く？」

「成海の予定に合わせるよ。私、バイトとかしてないし」

「……悪い。正直助かる」

まさかバイトを入れまくっていた弊害がここで現れるとは。

「明後日……木曜日とかどうだ？　急にシフトが変わってさ、ここは放課後がまるまる使える」

「分かった。楽しみにしとく。前から気になってたんだよね、この映画」

「むしろまだ観に行ってなかったのが意外だ」

「他にも観たいやつがあったから、そっちを先に観てたんだ。それにその映画、シリーズ物でしょ？　過去作を見返して復習してから観ようと思って」

「あ。じゃあ、もう少し先の方がいいか？」

「ちょうど最近、観たばっかりだから大丈夫。成海の方こそいいの？」

「まあ……今日か明日ぐらいに観とくわ。お前のオススメリストにも載ってたやつだから、元から観るつもりだったし」

「無理して見なくていいんじゃない？　バイト終わりだし」

「無理してまで見ねーよ。加瀬宮とは趣味が合ってるみたいだからな。お前のオススメなら外れはなさそうだし、むしろちょっと楽しみ」

「……そーいうことなら……うん。私も楽しみにしとく。てかさ。成海も何かオススメしてよ」

「映画を？」

「それでもいいけど、それ以外でも。趣味とかないの？」

「趣味ってほどじゃないけど、強いて言うなら……ゲームとか？」

「じゃあ、何かオススメのゲーム教えてよ。私も買うから」

「そうだなぁ。最近はまってるのは――――」

あっという間に加瀬宮の家まで到着して、この日は解散した。

帰り道、俺は家に帰った時のことを考える。

……帰りが遅くなることからは気を逸らせはしただろうが、今度は加瀬宮について母さんから色々と追及が飛んできそうだ。

まあ、でも。居心地の悪さに辟易することよりは……たぶん、ずっといい悩みだ。

☆

「で、どういう関係なの？　加瀬宮さんとは」

「…………」

　翌朝の食卓で始まったのは一家団欒の時間ではなく、俺にとっては不可避の査問会だった。

「加瀬宮さんって？　何の話なんだい？」

「紅太、ガールフレンドがいるらしいのよ」

「おぉっ、ガールフレンドかぁ。紅太くんもやるじゃないか」

「あたしも驚いたわぁ。この子ったら、今まで浮ついた話ぜんぜんなかったから。せっかくだし、現役男子高校生の恋愛を取材させてほしいくらい」

　母さんは作家という職業柄か、昔からこういうネタになりそうなことには自分から首を突っ込みにいくような人だ。が、離婚して以降はこういった面は徐々に少なくなっていった。更には俺を気遣ってか、自制するようにしていたようだ。

「ただの友達だって言ったろ」

「ふーん。友達ねぇ……随分とカワイイ感じの声だったけど」

「声だけだろ。どんだけ想像力豊かなんだ」

「これでも作家ですから」

思春期の男子高校生からすれば正直ちょっと鬱陶しいが、空気としては悪くない。

自分が抱いている後ろめたさ、家での居心地の悪さ。普段から母さんに心配と負担をかけている分、道化になるのは必要だろう。

（……思えば、はじめてかもな）

この家に引っ越してきてから、はじめてかもしれない。

ここまで何も後ろめたく感じずにいられる食卓は。まさに一家団欒のひと時じゃないか。

「そういえば、今度の金曜日、紅太くんはバイトが入ってなかったよね。よかったらデートにでも行っておいでよ。軍資金が必要なら援助するからさ」

「ありがたい申し出ですが、残念ながら真っすぐ家に帰ってくる予定ですよ」

それに明弘さん――新しい父親とも普通に話せている。

いつもは手早くかきこむようにしている朝食も、普通のペースで食べることができている。

まるで魔法にでもかかったみたいだ。

（おそるべし。加瀬宮パワー）

加瀬宮が電話しただけで、ここまで家の居心地が改善されてしまうとは。

……まぁ、これはあくまでも一過性のものだろう。二十四時間三百六十五日、加瀬宮の話をするわけにもいかないし。しかし、だ。一時的にとはいえ、家での居心地は良くなったわけだし、加瀬宮にはお礼を言っておいた方がいいのかもしれない。

「琴水も友達と遊びに行くことがあれば、遠慮なく行ってきていいんだぞ。ちょっとぐらい寄り道したって……」

「わたしは大丈夫です。この家で、家族と過ごします」

思えば辻川が友達と遊びに出かけるところを見たことがない。

少なくとも俺がこの家に引っ越してから、休日に出かけるのも決まって母さんや明弘さんと一緒の時で、個人の買い物も手早く済ませている。

俺とは違い、辻川琴水という少女は、いつだって家族と共に在る。

「それにしても加瀬宮先輩、ですか……ふふふ」

「……なんだよ。辻川」

「兄さんの『友達』の正体が加瀬宮先輩だとは思いませんでした」

……そういえば加瀬宮と同盟関係を結んだ日の夜、辻川となんか話したっけ。

「琴水ちゃん、加瀬宮さんを知ってるの？」

「一年生の間でも既に噂になってるぐらいの有名人ですから」

噂。有名人。その言葉に、微かに体の芯が揺れるような感覚が奔る。

辻川の言葉に嘘はない。加瀬宮は学内においては有名人だ。姉の『kuon』の存在。そして
もう一つ。加瀬宮に流れている、悪い噂も含めて。それをここで指摘されれば、また面倒なこ

とになるだろう。母さんにも心配をかけるかもしれない。いや、それよりも――加瀬宮とはつるむなとか。距離をとれとか。そういうことを言われる方が、俺にとっては……。

「へぇー。どんな噂？」

「二年生にとても綺麗な先輩がいるって噂です。わたしも、最初に見た時はモデルとかアイドルとか、芸能人なのかと思いましたし」

「へぇ〜。そんな子が本当に現実にいるのね。今度取材でもさせてもらおうかしら」

「ふふふ。いつか兄さんがこの家に招待してくるかもしれませんね」

「その時は休日だとありがたいかな。僕は平日だと仕事があるし」

特に加瀬宮に流れている噂の件や姉の件には特に触れられず、時間は過ぎ去っていった。そして明弘さんは一足先に会社へと向かい、俺は辻川の部屋の前に立っていた。

「――――……」

一呼吸、二呼吸と間を置いて、ノックする。

「……辻川。俺だ」

「兄さん？」

どうやら向こうにとっても予想外のことだったらしい。開いた扉の向こう側からは、目を丸くした辻川がいた。

「どうしたんですか？」

「加瀬宮の噂がどういうものか、お前も知ってるんだろ」

「…………ええ、まあ」

――――夜に遊び歩いてるとか、あんまりよくない連中とつるんでるとか、そういう本当かどうかも分からないテキトーな噂。

夏樹の言葉もすぐに思い出す。歌手kuonの妹という要素を抜けば、学園内における加瀬宮小白という少女は、そういう立ち位置の生徒だ。

だからてっきり、そういう人と付き合うのはよくないとか言われると思ってたけど。

「…………ありがとな。なんか、色々」

「わざわざお礼を言うということは、加瀬宮先輩は噂通りの悪い人なんですか？」

「違う」

俺が加瀬宮小白という少女と言葉を交わすようになったのはここ数日のことだ。

それまではただ同じファミレスの常連ぐらいの認識しかない。

彼女のことを深く知っているのかと問われれば『NO』と答えるだろう。

噂がまったくの嘘とも言い切れず、真実であるという可能性はある。

だけど。それでも。

辻川の問いに対して、俺は明確な意思を持って首を横に振った。

「兄さんがそう思ってるなら、それでいいじゃないですか。少なくとも、わたしはそう思った

から、あの場では何も言わなかったわけですし。お父さんとお母さんも楽しそうにしてました
し。それに……」
「……それに？」
「ああやってみんなで笑い合う食卓は『普通の家族』みたいでした。ソレさえ成立していれば、
わたしは兄さんがどこの誰と友達になろうが構いません」
その言葉に冷たさを感じたのも一瞬。
「……以上、『兄の交友関係に対して懐深い対応をする妹』でした。これはわたしに義妹ポイ
ントを二十点加点ですね」
次の瞬間には何事もなく、悪戯っ子のような笑みを浮かべていた。

第三章　秘密の放課後

「――今日の加瀬宮さん、何かヘンだよね」

「ヘン？　なにが」

「なんか登校してからずーっと眠そうでさ、休み時間の度にダウンしてるよ。今も……ほら、昼休みに入ってからずーっと寝てるし。いつもはヘッドフォンして何か見てるのに」

夏樹に促されて加瀬宮の席に視線を向けてみる。

「…………」

休み時間はいつも音楽をきいているはずの加瀬宮は、確かに机に突っ伏してひたすら眠っていた。まるで朝まで徹夜した後のように。

そういえば昨夜、加瀬宮にゲームをオススメした覚えはあるが……それと関係あるとか？

……いや。まさか。

「あんな状態になってる加瀬宮さんを見たことないからさ。みんな気になってるよ。なにがあったんだろーって」

「……なにがあったんだろうな」

頭の中に浮かんだイメージをすぐさま振り払いながら、俺は昼飯のパンをもそもそと食べ進めるのだった。

☆

「教えてくれたゲームやってて徹夜した……」

バイトを終えてファミレスへと直行し、合流した後の加瀬宮からの第一声がこれだった。

（まさか本当にゲームで徹夜していたとは……）

正直、オススメしてみたはいいものの、ここまで熱中するとは思わなかった。

ちなみに俺が加瀬宮にオススメしたのは先日発売したばかりの新作オープンワールド・SFアクションRPGゲームだ。プレイヤーは宇宙船に乗って銀河を旅する傭兵となり、自由に様々な惑星を巡っていくというもの。プレイヤーの行動や選択肢次第でシナリオも分岐するらしく、全体的に自由度の高い話題作である。

「オススメした俺が言うのもなんだけど、加瀬宮がそこまでハマるとは思わなかったな。今はどのへん？　ストーリークエストとかあったよな」

このゲームにはストーリークエストというものが存在し、これを進めていくことで全体のシナリオが進行する。無理にシナリオを進めなくともよいが、進行度に合わせて解禁される要素もあるので、進めた方ができることも増える。

「まだチュートリアルが終わって最初の星を出たとこ」

「………。ん？　徹夜したんだよな？」

確かにゲームを始めた頃はムービーも多いしチュートリアルもあるので多少、時間はかかる。だが、徹夜するほどの長さではなかったはずだが。

「ひたすらキャラクリしてた」

「……すげぇ。キャラクリで徹夜してるやつ初めて見た」

「なかなか納得いくのができなくてさ。自由度が高すぎるってのも考えものだね……」

キャラクリとはキャラクタークリエイトの略称で、要はゲームで自分が操作するプレイヤーキャラクターの外見を細かく作り上げていくことだ。

俺がオススメしたゲームはキャラクリがかなり細かく設定できる。たまにSNSのTLで、キャラクリで別作品のアニメキャラクターそっくりに作り上げた力作が流れてくることもあるが……どうやら加瀬宮(かぜみや)もそっちの方面のプレイヤーらしい。

「加瀬宮(かぜみや)って凝り性なんだな」

「そーかも……細かい作業も嫌いじゃないし。逆に成海(なるみ)はこだわらない派？」

「キャラクリは割と簡単に済ませることは多いな。でもこだわりが全くないってわけじゃないぞ。装備とかも色を変えられる時は、自分の好きな色を取り入れるようにしてるし」

「好きな色って？」

「赤と金」

「いいじゃん。なんか強そう」

「そう。なんか強そうだろ。だから好きなんだ、赤と金の組み合わせ」

「ゲームだと赤がメイン？」

「当たり。金はアクセントに使ってる」

「成海(なるみ)の下の名前、『紅太(こうた)』だもんね」

「そういう加瀬宮(かぜみや)は白が好きだろ。『小白(こはく)』だもんな」

「半分正解」

「もう半分は？」

「実は私も金色。ほら」

眠そうにしながらも笑う加瀬宮(かぜみや)は、自分の髪を指に絡(から)めてみせる。

まるで黄金の輝きを指に纏(まと)わせたかのような美しさに、不覚にも一瞬、目が奪われた。

「この髪も染めてるんじゃなくて地毛なんだよね。パパが海外の人だから。……ま、私とお姉ちゃんは日本育ちだからあんま関係ないけど」

海外の人。その呼び方にどこか距離の遠い、他人の話をしているような感じがする。

……いや。こんなことを考えても仕方がないな。踏み込まないのがルールだし、俺としても踏み込むつもりはない。

「小さい頃は髪の色でからかわれたこともあったけど、けっこー気に入ってるんだよね。だから金色にも愛着があるってわけ。……今使ってるヘッドフォンも、ホントは白と金の組み合わせならよかったんだけど、その色の組み合わせで納得できるデザインのやつがなかったんだよね。白と銀の組み合わせも嫌いじゃないから、こっちにしたんだ」

「ヘッドフォンか……前から思ってたんだけど珍しいよな。わざわざヘッドフォンなんて。それも加瀬宮なりのこだわりか？」

「こだわりっていうより自衛かな。ほら、これつけてると話しかけづらいでしょ」

「確かに。こうやって話すようになる前は見るからに話聞く気ありませんって感じしてた」

「有名人の姉目当てで近づいてくる人をできるだけ減らすための、加瀬宮(かぜみや)なりの自衛。それでも、いつかの朝のように構わず話しかけてくる人はいるのだろうが、本人のリアクションを見る限りまったく効果がないというわけでもなさそうだ。

「ふわ………」

口を手で押さえつつ、小さく欠伸をする加瀬宮。その姿すら『白き天使の微睡』というタイトルの絵画にでもなりそうだ。

「今日はもう帰るか」

「んー……やだ………」

『やだ』じゃねーよ。見るからに限界だろうが」

「……まだいける」

「テーブルに突っ伏しながらだと説得力皆無だな」

「……だって、楽しいし。成海とこうして話してるの。家にいるよりずっといい」

家に居づらい。その気持ちは分かる。だからこそ、これ以上『帰るぞ』とは言えなかった。

「じゃあせめてここで仮眠とってけ。少ししたら起こしてやるから」

「……お喋りしよーよ。仮眠するのも勿体ない」

「仮眠が先だ。そんな寝不足の状態だと帰り道が危ないし」

「……成海がいるからだいじょーぶ」

「俺に丸投げかよ」

「……同盟組んだし」

「都合の良い同盟だなぁ……」

「……じゃあ成海は、私にとって都合の良い男ってこと？」

「それなら加瀬宮は、俺にとって都合の良い女か？」

「……いいよ。なってあげても」

「お前、相当寝ぼけてるだろ」

「……うん。もう自分でも何言ってるのか分かんなくなってきた」

だろうな。もうさっきから天使みたいな顔でめちゃくちゃなこと言ってるから。

「とりあえず寝ろ。あと今日はもうゲーム禁止だ」

「えー……良いトコなのに」

「……良いトコって言うほど進んでないだろ」

「……私の冒険はこれからなんだよ」

「打ち切りじゃねーか」

なんだかんだと引き延ばされつつあるな……何か決め手となる一言がほしい。

「またゲームで徹夜したら、明日の映画も観てる途中で爆睡かもな」

「……………………それはやだな」

どうやらこれが決め手になったらしい。加瀬宮は徐々に睡魔に身を委ねていく。

「……先に帰ってたとかはナシね」

「当たり前だろ」

「……ちゃんと起こしてよね」

「任せろ」

「じゃあ……ちょっと、寝る。おやすみ」

電源でも切れたみたいに眠りの世界へと落ちてゆく加瀬宮。何の遠慮もなく晒している天使

のような寝顔。……今、これを独り占めできている俺は、きっと世界で一番の贅沢者だ。

「……仮眠をとるように提案したのは俺だけどさ。ちょっと無防備すぎるぞ、お前」

思わず頬をつつきそうになるのをぐっとこらえるように、メロンソーダで喉を潤した。

その後、加瀬宮を起こして店を出たものの、ファミレスでテーブルに突っ伏して眠り込んでしまっていたことが相当恥ずかしかったらしく……。

「もうあの店行けない…………無理」

帰り道はまるまる羞恥に沈んだ加瀬宮をなんとか慰める時間になった。

そして加瀬宮は今後、徹夜でゲームをしないと心に固く誓ったらしい。

☆

翌日。木曜日である今日は、朝からそわそわとしてしまって我ながら落ち着きがなかった。

つい教室の時計やスマホで時間を無意味に確認してしまう。ただ友達と映画を観に行くだけだというのに、なぜこんなにも落ち着きがなくなってしまうのか。

（………今日はなげぇな、授業。こんなにも長かったか？）

二限目の授業がなかなか終わらない。時計の針の進みが恐ろしいほど鈍い。

授業中はいつもそんな感じだが、今日は特にだ。

機械的に手を動かして黒板の内容をノートにとっているが、授業の内容が頭に入ってこない。

もう一度、教室の時計を確認する。……さっき時間を確認してから、まだ一分しか経っていない。……おかしい。この教室だけ明らかに時間の進みが遅くなってる気がする。

（……ダメだ。授業に集中できん）

そう感じた瞬間だった。スマホが通知を知らせるバイブレーションを発する。

教師に見つからないようにしてスマホを取り出すと、加瀬宮からのメッセが来ていた。

●kohaku：さっきから時計見すぎ

シンプルな二文字に加えて、買ったばかりの猫スタンプ。

●紅太：見てない

●kohaku：見てたの見てた

なんだそりゃ……と思ってたらまた猫スタンプが飛んできた。

●紅太：今日は時計の進みが遅いなって思ってた
●kohaku：わかる
●kohaku：私も同じこと考えてた
●kohaku：誰かが時計に細工してるよ
●紅太：誰かって誰だよ
●kohaku：……先生とか？
●紅太：生徒じゃなくて？
●kohaku：授業時間が長くなって損をするのは生徒だよ
●紅太：それっぽく偏見を語りやがって
●紅太：勉強好きなやつは長くなったら得かもしれないだろ
●kohaku：そんなことないよ
●kohaku：たぶん
●紅太：急に自信失くすな

お茶を濁したようにまたスタンプ爆撃された。

……っと。黒板の内容が割と進んでるな。ノートをとらないと。

同じことを思ったのだろうか。斜め前の方にいる加瀬宮の背中もノートをとりはじめた。

（あれ……？）

顔を見上げると、教室の時計が目に入ってきた。

針が指し示している数字は、時の進みを知らせている。

（こんなにも時間が経ってたのか）

さっきまで時間が経つのが遅いと思っていたのに、今度は早く感じるなんて。

それだけ加瀬宮との話が弾んでいた……いや。それもあるけど、それだけじゃない。

加瀬宮と一緒にいる時間は、時間も退屈も忘れさせてくれる。

居心地の悪い家のことも、家族という現実のことも忘れさせてくれる。

まだちゃんと知り合って間もないというのに、俺の中で加瀬宮小白という少女の存在が大きくなっていることに気づかされたような気分だ。

（あいつも…………）

ふと妙な考えが頭の中に浮かび上がってきて、すぐに消した。

加瀬宮も同じ気持ちなのかどうかなんて、そんなこと考えてどうするんだ。

「よーし、もう書いたなー？　黒板消すからなー」

「あっ」

時すでに遅し。無情にも黒板に書かれた授業の内容があっという間に消されていく。

……どうやら加瀬宮のことを考えていたら、俺が思っていたように時間が経っていたようだ。

●kohaku：なんか今「あっ」とか言ってなかった？
●紅太：板書をノートに写し損ねた
●kohaku：授業中にスマホいじってるから
●紅太：お前もだろ
●kohaku：私はちゃんとノートとってるし
●紅太：俺だってスマホに夢中で写し損ねたわけじゃないし
●kohaku：じゃあなんで？
●紅太：ちょっと考え事してた
●kohaku：考え事？
●kohaku：なに考えてたの？

「…………………」

改めてなにを考えていたのかと問われれば、加瀬宮のことを考えていたとしか言えない。

が、そんなことをバカ正直に送れるわけがないし。

……こういう時こそ、てきとーなスタンプでも押して誤魔化しておこう。猫スタンプ投下。

あとはスマホを仕舞って、授業に集中する。消されてしまった箇所はどうにもならないが、続きの部分だけは余すことなくノートに書き写すことができた。

授業に集中しているうちにチャイムも鳴り、なんとか一限目を乗り切ることに成功すると……またスマホに通知が入った。スタンプで誤魔化したことを加瀬宮がつっついてきたのだろうか。

●kohaku：私のノートでいいなら貼っとく

というメッセの後、すぐに画像が送られてきた。

机の上に広げたノートをスマホのカメラで撮影したであろう画像だ。

●紅太：すまん。助かる

●kohaku：どういたしまして

●kohaku：読みづらかったらごめん

読みづらいも何も……。

●紅太：むしろキレイ過ぎてビビった
●紅太：これで読みづらかったら俺の字とか暗号になるわ
●kohaku：流石に言い過ぎ
●紅太：習字とかやってた？
●kohaku：昔ちょっとだけ
●kohaku：お姉ちゃんがやってたから
●kohaku：私はダメだったけど

……習字にダメだったも何もないだろうに。昔、加瀬宮は実際にそう言われたことがあって、そう言った人が身近にいたことは想像に難くない。

●kohaku：お姉ちゃんの字とかホントに凄いよ
●kohaku：スマホで打ったのかなってぐらいキレイだし
●紅太：知ってる。動画あげてたよな
●紅太：この前、ＳＮＳでバズってたし

たしか実際に、加瀬宮のお姉さんである kuon が字を書いてる動画だった。

フォロワーから募集した文章を、kuon が実況しながらノートに書いていくというもの。言ってしまえば、実況しながらノートに字を書いてるだけ。

だというのに、一分と経たないうちに数万規模の反応をもらってた。

……いや冷静に考えるとホント凄まじい影響力だな。紙に字を書くだけでバズるとか。

まあ、それでも。

●紅太：でも俺は加瀬宮の字の方が好きだな

「…………………？」

加瀬宮が何も反応しない。メッセが返ってこない。

なんか不味いことでも言ったか。素直な感想を言っただけなんだけど。

猫スタンプすら飛んでこないのはおかしいと思い、加瀬宮の方へと顔を向けると。

「――――……」

自分の席から俺の方へと振り向いていた加瀬宮と目が合った。その頬は僅かに、ほんのりと赤みがさしているようにも見える。席が少し離れてるので自信ないけど。

そして加瀬宮は俺の目を見ながら、何かを伝えるように口を開けて――

——きゅうにそういうこというな。ばか。

アプリではなく、口パクでメッセージを伝えてきた。
俺は読唇術を習っているわけではないが、不思議と加瀬宮の口パクは正確に読み取れる。

●紅太：字を褒められて照れたのか
●kohaku：うるさい
●kohaku：照れてない
●紅太：誤魔化すたびに猫スタンプ爆撃するのやめろ
●kohaku：やだ

猫。猫。猫。猫。猫……連打しまくってるのがこの席からも見えるな。
その背中に小さく噴き出していると、二限目の始まりを知らせるチャイムが鳴った。

●kohaku：次の授業はちゃんとノートとりなよ
●紅太：言われなくてもとるわ

……まずい。加瀬宮とやり取りしてたら、本当に時間を忘れる。
このままじゃ放課後までスマホの充電がもたないし、授業にも身が入らない。

●紅太：充電やばいから電源切る
●kohaku：この調子だと放課後には充電切れそうだしね

●kohaku：私はモバイルバッテリーあるから平気だけど

●紅太：準備いいな
●kohaku：普段の休み時間はずっと映画観てるし
●kohaku：ファミレスでも時間潰すために使うから
●紅太：そりゃスマホの充電もすぐなくなるわ

……って、いかんいかんいかん。ついズルズルと続けてしまう。

●紅太：今度こそ切る
●kohaku：ん
●kohaku：次は放課後にね

スマホの電源をOFF。封印完了。今日はもう放課後までメッセ開くのやめよう。

「――――……」

なんか、時間の進みが余計に遅くなった気がする。

(早く放課後にならねぇかな……)

☆

「――――……」

私……加瀬宮小白にとって、体育の時間は退屈な時間だ。うちの学校の体育は男女別に分かれていて、女子はテニス。準備運動や素振りといった基礎的な部分が終わると、二人組になってコート上でボールを打ち合うことになる。

私の場合、こういうのには決まってあぶれる。友達は別のクラスにいるし、仮に同じクラスにいたとしても関わらないようにしてるからだ。そして女子のクラスは奇数。私は必然的にどこかのペアに混じって三人組を作ることになるんだけども……。

「あれ？　そっちって三人組じゃなかったっけ」

「だってほら、加瀬宮さんだから」

「ああ、そういうこと」

「向こうもわたしたちみたいなのと組むのは嫌だろうし」


わざわざ聞こえるような声のボリュームに、嘲笑も添えてくれてどうも。

まあこれも、自衛のためとはいえ自分の態度が招いたところもあるから、別にいいんだけど。

……それに今までの経験上、自衛のことがなかったとしても、ああいうのは陰口を叩いてくるものだ。私の場合は派手な外見してるし、男子のだれだれ君に色目使ったとかなんとか、身に覚えのないことを言われ続ける。もう少し器用に立ち回ることができればよかったんだろうけど、残念ながら私はそこまで大人にもなれなかった。

そんなわけで、体育の時間はだいたい隅っこで一人、ぼーっとすることしかできない。

体育の時間中にスマホもヘッドフォンも持ち込めないし（下手に持ち込めば没収される）。

だけど今日はいつも以上に退屈だ。スマホが妙に恋しい。

（……成海と話すの、楽しかったな）

数日前に知り合ったばかりの男子。同じファミレスに通っていたから、前から存在は意識してたけど、話すようになったのはたった数日前のこと。なのに、授業中にあそこまで話が弾むなんて思わなかった。教室にいるのに、ファミレスにいるみたいで。

……私って贅沢だな。成海っていう同盟相手ができたことだけでも贅沢なのに。

家の外で、時間も忘れるほど居心地の良い場所ができただけでも幸せなのに。

学校でも同じだけの幸せな時間を求めてしまっている自分がいる。

もっともっと成海と話してたいって思う自分がいる。

「あ、沢田くんだ！」

テニスコートの順番待ちをしていた他の女子たちが、フェンス越しに男子たちのサッカーを眺めていた。沢田……成海曰く、二年生が誇る王子様だっけ。私にとっては余計なことをしでかしてくる厄介者でしかないけど女子には人気があるらしい。どうやら男子たちはサッカーの試合をしているようで、沢田がドリブルで相手チームに切り込んでいた。

「すごっ。バスケ部なのに、サッカー部相手に勝ってるじゃん」

「沢田くんがんばってー」

もはや女子の大半が授業そっちのけで黄色い声援を送っていた。ボールをキープしている沢田が華麗に一人かわしてからシュート。ボールがネットに突き刺さると、女子たちから歓声が上がる。……ここはライブ会場か。こんなにうるさいとぼーっとしてることも難しい。……場所変えよ。

(……あ。成海だ)

フェンスの一部に固まってる女子の群れから離れると、成海の姿を見つけた。

どうやら沢田と同じチームのようで、暇そうにゴールの傍で犬巻と雑談に興じている。

こんなとこまで私と同じだ。なんか笑える。向こうは犬巻がいる分、まだ楽しそうだけど。

……いいな。私もあっちに混ざりたいな。成海と話せる犬巻が羨ましい。

……あ。なんか先生に注意されてる。犬巻と一緒に小走りし始めた。たぶん、ちゃんとやれって注意されたんだろうな。

「何やってんだか」

思わず小さく噴き出してしまう。見てるだけで面白い。いつもは退屈な体育の時間が、今だけは楽しく感じる。他の女子は沢田に夢中みたいだけど、私は成海を見てる方がずっと面白い。

また男子のサッカーを眺めていると、試合が動いた。犬巻が敵チームのパスをカットし、迫る敵チームの間をすり抜けるように成海にボールをパスした。阿吽の呼吸ってやつだろうか。

成海はそれを受け取ると、沢田の進行方向に合わせてパスを出した。それを受け取った沢田はそのままシュートを繰り出して……ボールはゴールポストの角に勢いよく直撃し、大きく山なりの軌道を描いて吹っ飛ばされた。女子たちからは「ああー」という残念そうな声が漏れる。

「惜しいー。もうちょっとだったのに」

「今の成海が無茶なパス出したせいじゃないの？」

「きっとそうだよ。沢田くんだけならちゃんと決めてた」

そうかな。成海のパスはゴール前に走る沢田に完璧に合わせていたように見えたけど。

今のは単に沢田が一人で外しただけ。まあサッカーだし、沢田はバスケ部らしいし。シュートを外すことだってあるだろうし。

「――加瀬宮さん！」

先ほどゴールから弾かれたシュートが、フェンスを飛び越えてテニスコートに転がり込んできた。それを追ってきたであろう沢田が駆け寄ってきた。

「ごめん、ボールとってくれないかな？」

……わざわざご指名してくれんなよ。また他の女子から睨まれる。そりゃお姉ちゃん目当ての子を近づけないようにはしたいけど、こういう色恋沙汰が絡むのは避けたい。面倒だし厄介だから。もういっそ聞こえなかったフリをするか「他の子にとってもらえば」って言おうか迷っていると……沢田の少し後ろに成海がいることに気づいた。……ま、いいや。

転がっているボールを拾って、そのままフェンスを越えるように投げる。

ボールは放物線を描きながらフェンスを越えて、沢田の頭上も越えて――後ろにいた成海のとこに飛んでいった。そして成海はというと、私の投げたボールを落とさずしっかりと受け止める。うん。ナイスキャッチ。

「ごめん。投げ過ぎた」

しれっとした顔で沢田に言ってやる。女子たちからは案の定睨まれたけど知らない。

成海と目があった。せっかくだし、フェンス越しに口パクで話しかける。

――がんばれ。

なんか他の女子の反応が癪だし。

すると成海は同じように口パクで話しかけてきた。

――わかった。

そのまま成海はコートに戻って、サッカーを再開した。心なしかさっきより動きが良い……気がする。得点をあげていく沢田に他の女子たちの注目は集まっていたけれど、成海は犬巻と連携してアシストしていたのを私は試合が終わるまで見逃さなかった。

「…………」

本当ならフェンス越しじゃなくて、普通に話したい。

(早く放課後にならないかな……)

☆

いつもより長く感じる授業を乗り越え、ついに放課後。

時間差で教室を出た俺たちは、予定通りに駅前で合流する。

「……よぉ」

「……ん」

駅前で先に教室を出ていた加瀬宮を見つけることは難しくなかった。

人々が忙しなく行き交う中でも、ヘッドフォンをつけて音楽を聴いていたであろう加瀬宮小白は、誰よりも輝いてそこにいるから。

「ナイスアシスト」

「……やめろよ」

体育の時間のことを言っていることはすぐに分かった。

「試合で派手に活躍してたのは沢田だろ。サッカー部相手に勝てたのもあいつのおかげだ」

「沢田が派手に活躍できたのは成海がアシストしてたおかげでしょ」

「……つーかお前、なんで急に頑張れなんて言い出したんだ」

「分かってない連中に好き放題言われてたのは癪だったからね」

「は？」

俺が首を傾げるも、加瀬宮は「こっちの話」とだけ。

ここから先は追及されたくないらしい。

「まあいいわ。……じゃ、行くか。電車移動だけどいいよな？」

「何駅か先にあるとこのシネコンでしょ。多分、成海より詳しいと思うよ」

「そりゃ失礼した」

丁度良いタイミングで来た電車に乗り込む。

「映画館で映画観るの久々なんだよな」

「土日もバイト入れてるから？」

「それもあるけど、自分からはあんまり観に行かないしな。夏樹に誘われれば行くけど」

「夏樹って、犬巻のこと？　前から思ってたけど、アンタら仲いいよね」

「幼馴染だからな。しかも幼小中高でずっと同じクラスだ」

「すごっ」

「あ、そうそう。映画の前売り券をくれたのは夏樹なんだ。なんでも知り合いに映画関係者が複数いて持て余してたらしい」

「……犬巻って何者？　芸能人とかじゃないよね？」

「俺にも分からん。あいつの交友関係の広さは謎だ」

電車が駅で停車した。大きめの駅に停まったせいか、新たに入ってきた乗客の数が多く、中がどんどん詰められていく。座る席を確保するどころじゃないな。

「…………………」

「…………………」

やや窮屈になった車内。俺たちは壁際に寄せられて、必然的に加瀬宮との距離も近くなる。目の前にいる加瀬宮はいつもより近い。ファミレスではテーブルを挟んでいるけれど、今はそれもない。ドリンクのグラスも、クラブハウスサンドが盛りつけられた皿も、何もない。手を伸ばすまでもなく、触れることができる距離。気をつけないと吐息もかかる距離。

「……成海って、思ってたより背が高いよね。どれぐらいあるの？」

「確か……百七十七」

「……やっぱり思ってたより大きい」

「そういう加瀬宮の身長は？」

「百六十三だったかな。去年より一センチ伸びた」

「十四センチ差か」

「そんなにあるんだ………あっ」

がたん。

電車の車体が一瞬だけ大きく揺れ、加瀬宮が倒れ込むようにバランスを崩した。

「――っと」

反射的に加瀬宮の身体を受け止める。

ファミレスでテーブルを挟んでる時は、決して感じない微かな熱。触れて分かる華奢な身体。

「悪い」

「……なんで成海が謝ってんの？」

「……なんとなく？」

加瀬宮の身体は華奢で、繊細で……触れてはいけない宝石を素手で触れているような気がして。甘い禁忌と背徳が折り重なったような熱を感じてしまって、つい謝ってしまった。こんなこと、バカ正直に言えるわけがない。

「……ありがと。受け止めてくれて」

「大袈裟だな。礼を言われるほどのことでもないだろ」

「かもね」

加瀬宮は何かを誤魔化すように窓の外の景色を眺めたまま黙り込んだ。

「……成海ってさ」

しかしポツリと言葉を漏らして、また少しの間があって。

「……男子なんだね」

「今まで何だと思ってたんだよ」

「そういう意味じゃなくて……やっぱいい」

それっきり、電車が目的の駅に着くまで、加瀬宮はずっと窓の外の景色を見たまま黙り込んだままだった。駅に着いてから徒歩で十分ほど歩き、目的地のシネコンまで辿り着くと、すぐに窓口へ行って座席を指定する。

「加瀬宮ってどの辺の席がいいとかある？」

「真ん中よりちょっと前寄りぐらい……かな」

「後ろ寄りじゃなくて？」

「スクリーンが目の前いっぱいに広がってる方が好きなんだよね」

「……なんとなくわかる気がする」

映画を観てる間ぐらい、少しでも現実を忘れたいからな。

そんなことを考えながら席を確保し、今日は一日中気にしていた時計を確認する。

「……上映まで少し時間あるな。今のうちに売店行くか」

「成海は売店で何か買う派？」

「気分。買う時はジュースとポップコーンぐらいだけど。加瀬宮は？」

「私はだいたい買ってるかな。ジュースとポップコーンぐらいってのは同じ」

売店でジュースとポップコーンをそれぞれ購入し、時間も頃合いになったので、そのまま座席へと向かう。

「成海は塩味にしたんだ。好きなの？」

「これも気分。前に夏樹と来た時は別の味だったし。そういう加瀬宮は……キャラメル味か」

「せっかくだし一口ずつ食べ比べしてみる？」

「友達同士で？」

「私はするけど」

「……お前、友達がいたんだな」

「なんだと思ってんの」

むっとしたように頰を僅かに膨らませる加瀬宮はどこか子供っぽい。

教室での彼女の姿はどこか大人びてもいたから、そのギャップがどこか面白かった。

「クラスも違うし、学校じゃあんまり関わらないようにしてるから」

それは恐らく自身の評判の件もあるし、姉のことで友達に迷惑をかけたくないからだろう。

「……あ。始まるよ」

スクリーン以外の光が消え、映画が始まった。

加瀬宮はもう映画の世界に集中していて。暗闇の中、スクリーンの光に淡く照らされる横顔に思わず見惚れそうになったのを堪え、目の前に広がる映像に集中した。

☆

「は――――……最高だった」

約二時間の上映時間を終えた後、映画館近くにあるファミレスの席で、加瀬宮は感嘆の声を漏らしていた。まだどこか雰囲気が夢心地だ。かくいう俺も同じなんだけど。

「面白かったなぁ。過去作を復習して観に行ったかいがあった」

「わかる。見てるとわかる小ネタとか仕込んであったよね」

「そうそう。見てなくても楽しめる作りにはなってたけど、過去作を観てるとぐっとくるシーンとかあったよな」

「特に最後の……」

「「主人公がブザービーターを決めたシーン」」

一言一句違うことなく感想が被って、思わず二人で小さく噴き出した。

「やっぱり。あのシーン、成海も好きそうだなって思った」

「そりゃこっちのセリフだよ」

また二人で笑いあった後に、注文していた料理が運ばれてきた。

「お待たせいたしました」

俺が注文したのはカルボナーラ。加瀬宮はハンバーグのライスセットだ。

「…………」

「どうした？」

さっそくカルボナーラを食べようとしたのだが、加瀬宮の視線を感じて顔を上げる。

当の加瀬宮はというと、なぜか自分のハンバーグセットと俺のカルボナーラを見比べていた。

「欲しいなら一口わけてもいいけど、その代わりにハンバーグと交換な」

「そうじゃなくて。……そうじゃないんだけど一口ちょうだい」

「そうじゃないけど一口は欲しいんだな」

とりあえずフォークとスプーンを駆使して一口分を加瀬宮の皿に移し、加瀬宮もまたハンバーグを一口分こちらの皿に移してくれた。

「で、カルボナーラがどうした」

「……大人ぶってる」

「は？」

「カルボナーラとか頼んじゃってさ……そういえば映画館でポップコーン買った時も塩味だったし。私はキャラメル味なのに……大人ぶってるよね、成海って」

「カルボナーラとポップコーンの味で大人認定かよ」

「なんかそんな感じする」

「そういえば、加瀬宮が注文するもんってなんか全体的に、こう……」

「子供っぽいはナシだかんね」

「子供が好きそうなものばっかだよな」

「言ったなこのやろ」

テーブルの下で足を軽く蹴られた。でも痛くない。淡く甘い刺激でしかなく、それが居心地の良い友達の距離感を示しているような気がした。

「別にいいんじゃないか。俺だって好きだぞ。寿司もからあげもラーメンも……」

「その明らかに今スマホで調べた子供の好きな食べ物を並べんな。好きだけど」

やっぱ好きなのかよ。俺も好きなのは本当だけど。

「……まぁ、自覚はあるよ。なんか好みが子供っぽいって」

「悪いことじゃないだろ。なのに、なんでそんな悪いことみたいな顔してんだよ」

「だって……」

「親から何か言われたか。『幼稚だな』とか『いつまでも子供っぽいのはやめろ』とか」

「……なんで分かるの？」

「俺も親父から同じこと言われたことある」

ストローを軽く回すと、四角い氷がカランと冷たい音色を響かせた。グラスの中はメロンを彷彿とさせる色の液体で満ち、浮かび上がる泡沫がぱちぱちと弾けて消えていく。

「メロンソーダは好きだけど、親父に対する当てつけも入ってるのかもな。……そういうところが我ながら子供っぽいけど、だからって悪いことしてるとは思ってない。だからお前も気にするなよ。好きなもん食えばいいし、好きなことすればいい。ここにお前の親はいないし、俺の親父もいないんだから」

「……そっか。成海の方はパパなんだ」

「その言い方だと、加瀬宮の方は……」

「うちはさ、そういうこと言うのはママなんだよね」

加瀬宮はナイフで切り分けたハンバーグに、無造作にフォークを突き刺した。

「お姉ちゃんは昔から優秀で、天才で、努力もして、常に結果も出してきた。ママがお姉ちゃんに期待を寄せるようになったのはすぐだったな。身体づくりの一環で食生活も厳しく管理するようになってさ。お姉ちゃんは文句言わなかったけど、私は違った。一度、ファミレスの前を横切った時、思い切ってママに言ってみたの。『たまにはああいうの食べたい』って」

一口サイズになったハンバーグは、時間が経つにつれて徐々に熱を失っていく。

「そしたら、怒られちゃった」

どこか乾いた笑い。それは理不尽な母親に対するものではなく、自虐を孕んだもの。

「『そういう幼稚なこと言うのはやめなさい』『お姉ちゃんは文句言わなかったわよ』って。

……今思えば、あれが『怒られているうちが華』ってやつかも。あの頃はまだママも私に対して期待してたから。……今はもう期待されてないから、好きなもの食べられるけどね」

言いながら、加瀬宮は一口に切り分けられて冷めたハンバーグを口に運ぶ。

「ママはもう私に何も期待してない。興味もない。だから私が何をしてたってどうでもいいと思ってる。……でもね、そんなママが私を気にかける時があるの」

「……お姉さん絡みか」

「そ。私が何をやっててもいい。だけど、お姉ちゃんの評判を落とすまねだけはするな。お姉ちゃんの足を引っ張ることだけはするな。お姉ちゃんに迷惑がかかることだけはするな――そんな感じ。お姉ちゃん。お姉ちゃん。お姉ちゃん。そんなのばっか」

彼女は店の白いカップを、その繊細で美しい指でコツン、と弾いた。

「だからこの前、成海ママと話しててさ……ちょっと羨ましくなっちゃったんだよね」

「羨ましいって……俺が？」

「うん。成海のことを本気で心配してたし、女の子の友達がいるって分かって、本気で浮かれてたし。私のママじゃこうはいかないよ」

加瀬宮は自嘲気味に笑い、そこで会話が途切れてしまった。

仕事帰りのサラリーマンたちの会話や、店員さんたちの接客。いつもは会話をしていれば気にならない程度の声が、今は鮮明に耳に入ってくる。

「……ごめん。別にお説教したいわけじゃないから」

「そういう意味じゃないことぐらいは分かってる」

俺は、加瀬宮の家の事情には踏み込まない。

加瀬宮は、俺の家の事情には踏み込まない。

「俺たちは愚痴を言い合って、聞くだけだ。それ以上、先には踏み込まない——だろ。だから、加瀬宮も気にする必要はない」

「成海と話すの、本当に楽でいいわ。いっそ男子全部が成海みたいな感じだったらいいのに」

「俺が嫌だな、それは」

「まあ、本人からしたら確かにね」

加瀬宮は一息つくと、冷めた紅茶を口につけて喉を潤した。

「は——……なんか、不思議な感じ。ここまで家族の愚痴を言ったの、はじめてかも」

「言われてみれば俺も、こんなにも気軽に親父のことを話題にだしたのははじめてかもな」

夏樹と話すことはあるけれど、それでも常に後ろめたさのようなものは感じていた。

こうやって愚痴を吐き出すような空気じゃない。

「本当なら、お姉ちゃんのことや、ママのことを話題にだすだけでも嫌なはずなのに」

「それは教室での加瀬宮を見てれば分かる」

「やめてよ」

加瀬宮は不本意そうに頬を膨らませる。

「お姉ちゃん目当てで近づいてくる子たちとか、私だって最初は普通に断ってたけどさ。それだと諦めないやつとかもいんの。でもああやって威圧したり、ヘッドフォンつけて映画でもみてたら、そのうち来なくなるから。勝手な噂も広がって、勝手に人も離れてくれるしね」

お行儀よくしているのが俺にとっての自衛であるように、あの教室での態度は加瀬宮にとっての自衛なのだろう、ということぐらいは今の俺でも分かる。

「……夜に遊び歩いてるとか、あんまりよくない連中とつるんでるとかの、加瀬宮の噂。夏樹どころか、一年生の間でも出回ってるみたいだぞ」

「ふーん。そうなんだ」

「他人事みたいな反応しやがって」

「他人事だし。てか、なんで成海が不機嫌そうにしてんの」

「なんでって……」

「……むしろ、噂が本当だとか考えなかったの？」

突き刺すような問い。自ら感情を削ぎ落としたような、無機質な声音。

「私が、噂通りの人間だって考えなかった？　本当に夜に遊び歩いているかもしれないし、よくない連中とつるんでるかもしれないよ」

加瀬宮はフォークやナイフを動かす手を止め、妖しい影のある眼差しで俺の目を射抜く。

「……加瀬宮」

「……別にいいよ。同盟を解消しても。私みたいなのとつるんでたら、成海にはデメリットだろうし。成海がそれで楽になれるなら、私はそれで……いいよ」

「ハンバーグいただき」

「あ――――っ！」

ご丁寧に切り分けられたハンバーグの一つを、フォークで素早く強奪する。

取り返される前に素早く口の中に含んでしまう。加瀬宮の小さな悲鳴をBGMに程よい弾力と噛み応えのある食感を堪能する。

「うん。冷めても美味い」

「美味い、じゃないしっ！　私のハンバーグ……！」

恨めし気な眼を向けてくる加瀬宮に、思わず笑いが零れてしまう。

「……笑いごとじゃないんだけど？」

「いや、悪い。ただやっぱり、ありえねーだろって思ってさ」

「は？　私からすれば勝手にひとのハンバーグを盗ったことの方がありえないんですけど？」

ああ、やっぱりこっちが加瀬宮だ。真実がどうかは知らないが、少なくとも俺はそう思う。

「噂が本当かどうかは知らない。でも俺の知ってる加瀬宮小白は、噂とは違う。家に居場所がなくて、ファミレスに入り浸ってて、映画ばっか観てて、凝り性なとこがあって、ゲームで徹夜して、好みがどこか子供っぽくて、ハンバーグの切れ端一つで大騒ぎ。そういうやつだよ」

噂が本当かどうか。加瀬宮小白が噂通りの人間なのかどうか。

その問いには迷うまでもなかった。実際、辻川に対しても迷わず言ってのけた。

「加瀬宮は噂されてるようなやつじゃない。俺はそう思う」

「……成海を騙してるかもよ」

「ハッ。もし本当に騙してるんだとしたら、幸せな夢を見せてくれてありがとうって言ってやる……まあ、そもそも。俺を騙して何のメリットがあるんだよって話だけど。お前と飯食ってて奢らされたことなんて一回もないし、ヘンな壺を買わされたわけでもないしな」

「……なんでちょっと怒ってんの」

「……なんでだろーな」

言われてみれば、今のはやや苛立ちを含んだ言い方になってしまった。

そもそも何故、俺は加瀬宮の噂のことに踏み込んでしまったのか。

本人がそれでいいなら、俺が気にするようなことでもないのに。

「……嫌なのかもな」

考えて、考えて。思考の水面に手を入れて、自分の本音を掬い取る。

「バカバカしい噂を真に受けて、友達のこと悪く言われてる……それが嫌で、怒ってたんだ」

今ようやく分かった。

我ながら、らしくないことをしてしまった理由が。

「怒ってたんだ、俺は。友達を悪く言うような噂が流れて、怒ってた」

　そんな単純なことだったんだ。

「あー、スッキリした。なんか胸のつかえがとれた気分だ」

「…………………」

　胸のつかえがとれて晴れ晴れとした気分になっていると、目の前に座っている加瀬宮本人は、なぜか硬直していた。

「どうしたんだよ。ぼーっとして」

「えっ……あ…………」

　加瀬宮はなぜか狼狽していて、挙動不審だ。こんなにも不安定な彼女の姿は、教室でもファミレスでも見たことがない。

「その……面と向かって友達って言われたり……怒ってもらえたから……ちょっと、ハズいっていうか」

「悪かったな、恥ずかしくて」

「ちがくて。嫌なわけじゃなくて……どっちかっていうと…………」

　加瀬宮は自分の中で言葉を探しているように言い淀む。だけど、すぐにその言葉を見つけたのだろう。耳を真っ赤に染めながら、俺から視線を逸らしつつ……。

「……ありがと。嬉しかった」

……危なかった。今、スマホのカメラモードを起動していたとしたら、思わず写真に収めたいという衝動を抑えきれなかったかもしれない。

（寝顔の時もそうだけど……やめろよな。ほんと）

そういう破壊力のある表情（かお）するの。もっと近づきたくなるだろ。

「てかさ。私たち、友達なんだ。同盟相手じゃなくて」

「勢いで言っちまったけど……そうなんじゃないか？　母さんにも友達って言ってるし」

「ああ、そっか。そうだったよね」

「勿論（もちろん）、『同盟』っていう関係もなくなったわけじゃない」

同盟関係。友達。どんどん肩書きが増えていく。だけどそれを、嫌とは思わない。

……そう。友達だ。成海紅太（なるみこうた）と加瀬宮小白（かぜみやこはく）は友達だ。

「……噂（うわさ）のことなんだけどさ」

「……ん」

「一応、夜はこの店から家に帰る以外はしてないから。たまにコンビニに寄り道したりするけど、遊び歩いてるとかはやってない。それと、あんまりよくない人たちと関わりがあるっていう噂（うわさ）は……たぶんそれ、芸能事務所の社長からスカウトされてるところを見られただけだと思う。あの人、派手な見た目してたし」

「そうか。まあ……そんなとこだろうな。噂（うわさ）の真相ってやつは。この噂（うわさ）をそのままにしてるの

も、お姉さん目当てで来る連中を少しでも減らすためだろ？」

「……そこまでお見通しなんだ。やるじゃん」

「家族の件を照らし合わせれば予想はつく。夜に遊び歩いてる件にしたって、元からある程度予想はついてたし……まぁ、スカウトの方は予想外だったけど、言われてみれば特別驚くほどのことじゃなかったし」

「そこは驚きなよ」

「加瀬宮ならスカウトの一つや二つあってもおかしくないだろ」

「……それ、どういう意味？」

「それぐらい魅力のある友達って意味だ」

「…………そりゃ、どーも」

教室にいる時の加瀬宮は、あまり良い評判だとは言えないだろう。

それでも、みんなが加瀬宮から目を離せない。加瀬宮小白を意識している。それぐらいの魅力を持っているということだ。

「パフェでも注文するか？　ハンバーグを無断でとった分、奢るよ」

「…………食べる」

呼び出した店員さんに、ぶどうパフェを一つ注文する。

デザートを待っている間、加瀬宮は何気なしに切り出した。

「成海ってさ。私のヘンな噂が流れてるの、嫌だったりする？」

「元からああいう噂は好きじゃない。加瀬宮と友達になった今は、もっと嫌になったってだけだ。お前にとっての自衛であることは理解してるから、これから我慢するようにするけど」

「……やっぱり大人だね。成海って」

「そうでもねーって」

「カルボナーラを注文するだけあるよ」

「だから関係ねーだろカルボナーラは」

思わず小さく噴き出して、二人で笑い合う。

今だけはくだらないことを忘れられる。親が心に刻んだ言葉も。居心地の悪い家のことも。噂のことも。こうやって二人で笑い飛ばすことができる。

「でも、成海はずるいよ」

「何が」

「映画ばっか見てて、凝り性なとこがあって、ゲームで徹夜して、好みがどこか子供っぽくて、ハンバーグの切れ端一つで大騒ぎとか……私ばっかり恥ずかしいとこ知られてる気がする」

「誤解を招く言い方だな」

「成海も話しなよ。自分の恥ずかしいとこ。そうしないと公平じゃないし」

「むしろ俺だけ恥ずかしいとこ話してるのが公平じゃないだろ」

「私だけ知られっぱなしだし」

「お前のそれは恥ずかしいとこじゃなくて可愛らしいとこだろうが」

「見解の相違ってやつだね」

とかなんとか言ってるうちに、加瀬宮はもうハンバーグを半分ほど平らげている。

こんないかにも『私クールビューティーです』みたいな顔しておいて、ハンバーグをぱくぱく平らげている。見ているだけで飽きないギャップだ。

「またこうやって、二人でどっか行くのもいいかもね」

「どっかって、どこに？」

「んー……色んなとこ」

少しだけ考えるそぶりを見せた加瀬宮だが、絞り切れないとばかりに未来へと思いを馳せる。

「カラオケとか、ゲーセンとか、水族館とか。ボウリングもいいかもね。スイーツビュッフェとか、前から気になってたパンケーキの店とか。また映画を観に行くのもいいし、街をてきとーに歩くのもいいし……でも、最後にはこうやってファミレスでご飯食べるの。よくない？」

「かなりいいな、それ」

「でしょ。……あ。バッティングセンターも行ってみたい」

「野球好きなのか？」

「好きじゃない。……でも、ほら。成海が勧めてくれたオープンワールドゲーム。ストーリークエストの中盤に出てくる惑星で色んなスポーツのミニゲームができるでしょ？　その中にあったじゃん、バッティングセンターのやつ」

小さくバットを振るジェスチャーをする加瀬宮。その仕草にどこか無垢な幼さを感じ、微笑ましい。……こんなこと言うと「子供扱いすんな」とかなんとか言ってふてくされそうだけど。

「あー……あの機械のバットでボールを打つミニゲームか」

「そうそう。今アレしかやってないぐらいにハマっててさ。なんか実際のバッティングセンターにも行きたくなったんだよね」

「……あのミニゲーム、ストーリーの進行には一切関係ないやつだった気がするけど」

「そうなんだけど、なんかハマっちゃってさ。ほら、難易度が色々あるじゃん？　アレ全部でホームラン出してフルコンプしたくなっちゃって」

「そういうとこ凝り性だよなぁ、加瀬宮は……」

「むしろあのミニゲームばっかやっててストーリー進行してないぐらい」

「お前、ＲＰＧゲームに出てくる街にカジノとかあったら入り浸るタイプだろ」

カジノに魂を吸い込まれた加瀬宮の姿が目に浮かぶようだ。

「むしろ成海はカジノに入り浸らないの？」

「俺はストーリーを進めてクリアしたら満足するタイプだ」

「やり込み要素をフルコンプしていくのが楽しいのに」

と、このタイミングで注文したぶどうパフェが運ばれてきた。パフェ用の細長いスプーンでぶどうとクリームを頬張る加瀬宮に、俺は何気なしに提案する。

「……次はバッティングセンターにでも行くか。加瀬宮のゲーム熱が残ってるうちに」

「行く。絶対行く。てか、バッティングセンターとかはじめてだし。成海は？」

「中学の頃、夏樹と何回か行ったことあるぐらいだな。……じゃあ、次はバッティングセンターで決まりってことで……あ、でも期末も近いしなぁ。ちゃんと勉強しねーと」

「真面目じゃん」

「母さんはあんまり勉強とかうるさく言わないけど、一応な。成績落ちたことを理由にバイトやめろって言われるのも嫌だし」

「……そっか。ただでさえ後ろめたいんだもんね」

「そういうの一発で理解してくるのは流石だな。……ま、仮にバイトをやめることになっても、テキトーに逃げるだけだ。今までと何も変わらねーよ」

「それはダメだよ」

「だと思ったよ」

仮に俺がバイトをやめることになれば、またファミレスに逃げるだけ。

放課後の時間を全てあの店で過ごすことに使うことができる。なのに加瀬宮は、それをきっぱりとダメだと言い切った。

「自分の手で家族を壊すのはダメだよ。だって成海の家はまだ、終わってないんだから」

「加瀬宮……？」

踏み込まない。踏み込むことを加瀬宮は望んでいない。

それが俺たちの同盟関係だ。しかし今はそれが、どうしてか枷のように感じてしまう。

「私が勉強教えてあげよーか？　成績落とさなきゃいいんでしょ。成績キープして、堂々とバイトしたり、遊んだりすればいいじゃん」

「……教える？　加瀬宮が？」

「なにその反応」

「ちなみに中間の順位は？」

「二十四位。成海は？」

「……五十八位」

「はい決まり。私が先生役ね。加瀬宮先生って呼んでもいいよ」

勝ち誇りやがってこの野郎。でも……。

「…………ははっ」

「ん。どしたの？」

「なんか、新鮮だわ。こんなにも気楽に成績の話するの」

あの家じゃ絶対にできないことだ。口にすることすら許されないことだ。勝手にそう決められてしまったことだ。

「俺も愚痴っていいか」

「当たり前じゃん。聞くよ、私でいいなら」

愚痴の相手が加瀬宮というだけで、心がこんなにも楽になる。

他だったら家族に対する後ろめたさや自己嫌悪があっただろうな。

「テストって結果が出るだろ？」

「そう……だね。テストだし」

「結果が出たら、また家の空気が居心地悪くなるんだよ」

「誰かと比較されるから？」

「惜しい。正確には、比較しないように気を遣われるから」

これで加瀬宮はだいたいのことを察したらしい。

「…………きついね。それ」

「もうなんか、家の中で腫物って感じ。不自然なぐらいテストの話題が食卓から消える。その上、うちの義妹はとびぬけて優秀だし、同じ学校だし……」

「同じ学校ってことは……一年生？」

「そ。辻川琴水って言うんだけど」

「……その子、友達から聞いたことある。すごく優秀な一年生がいるって。確か、入学式でも学年代表として挨拶してたでしょ？」

　言われてみればそうだ。辻川は成績トップで入学した優等生。

　二年生以上の生徒たちの中に、一目置いている者がいても不思議ではない。

　まさかこんなところで義妹のスペックの高さを再認識することになろうとは。

「そっか。あの子が義理の妹だったんだ。……大変だね」

「そうだな。色々と、大変だ」

　辻川が悪いわけではないことは重々承知している。あの家の居心地の悪さは俺が招いているものであり、それ故に彼女に対する後ろめたさも大きい。

「成海はさ。優秀な義妹ちゃんに負けないように努力する……とかは、してみたことある？」

「……………昔の俺だったら、そうしてただろうな」

「今は違うんだ？」

「今の俺が、そんなことするような人間に見えるか？」

「あははっ。見えない」

「だろ？」

　そんなことしたって結果は見えている。

　見えている結果を現実のものとした時、あの家での居心地は更に悪くなることだろう。

「そこも同じだ。私も昔は頑張ってたんだよね。でもダメだった。お姉ちゃんができたことは私もできないとって思ったんだけど、何もできなかった。何一つ追いつけなかったし、同じ道を走ることもできなかった。ママは私のことを諦めて、私も心が折れてた。お姉ちゃんに勝てるものを探すことも、勝てるように努力することも、全部やめた」

加瀬宮も、俺も。どちらも立ち止まった人間だ。

世間は言うだろう。諦めるな。立ち止まるな。逃げるな。努力し続けることが大切だ、と。

……分かっている。綺麗事はいつだって正しい。どんな時だって間違っていない。

俺も加瀬宮もそれは分かっている。綺麗事の正当性を理解しているからこそ、後ろめたい気持ちがあるんだ。

「私は、お姉ちゃんから逃げたんだ」

「逃げたっていいだろ、別に」

「……そうかな。逃げたって何も解決しないでしょ？　問題を先延ばしにしてるだけだし」

「そうだな。確かに解決はしない。いつか先送りにした問題が、目の前に降りてくることもあるだろうな。……でも、悪いことばかりじゃない。逃げた先に良いことがあったなら、無駄じゃないと思う」

「良いこと？」

「俺は家族から逃げた。でも、逃げた先で、加瀬宮と友達になれた。こうやって放課後に映画を観て、楽しんで、ファミレスで愚痴りながら飯食って……こんなにも居心地の良い時間を過ごすことができてる」

「それって、良いことなの？」

「俺にとっては良いことだ。まだお前と友達になって数日ぐらいだけど……ファミレスで加瀬宮と過ごす時間は、けっこう好きだぞ」

加瀬宮は何も言わなかった。驚いたように、俺の顔を見つめるばかりだ。

「俺は逃げてよかったと思ってる。加瀬宮はどうだ？」

「…………」

加瀬宮は俯いている。自分の心に、あらためて問いかけるように。

「…………私も、同じ」

そして。彼女は噛み締めるように、言葉を絞り出していく。

「前は罪悪感があった。後ろめたさがあった。でも今は、逃げてよかったって思ってる。ここであんたと喋ってる時間は……うん。楽しいから」

いつの間にか、後ろめたさを抱えて逃げ込んでいたあのファミレスに行くのが、楽しみになっていた。こうして言葉にするまで、自分でも気づかないぐらいに。

それはきっと加瀬宮も同じだと思う。同じだといいなと、俺は思う。

「……ふふっ。逃げてよかったとか、ヘンなの。普通は逃げるのはダメでしょ」

「……だな」

――俺は加瀬宮の姉であり、世間的にも有名なkuonという人をよく知らない。

だけど今、目の前にいる加瀬宮の笑顔はきっと……お姉さんには負けてはいないと思う。

これ以上に魅力的な笑顔を俺は他には知らないし、想像することなんてできないから。

☆

会計を済ませて店を出た後、電車に乗って帰路につきつつ、加瀬宮を送っていく。

いつもより長い帰り道。道中での会話は少ない。店で色々と話していたというのもあるが、あの加瀬宮の笑った顔を見た後、俺はどういうわけか言葉があまり出てこなくなった。

なぜかは分からない。自分でも少し動揺しているぐらいだ。

それに加瀬宮の様子も少しおかしい。いつもより口数が少ない。

……………分かった。これは恐らくだが、照れているのだ。俺も。加瀬宮も。

冷静になって思い返してみれば、ちょっと恥ずかしいことを言ってしまった気がするし、聞かせてしまった気がする。

何より、勢い余って喋り過ぎた。踏み込み過ぎたような気もしている。

心地良い沈黙の時間はあっという間に過ぎ去って、気がつくといつものタワーマンションの真下まで到着していた。

「……着いたね」

「……着いたな」

「……今日はありがと。楽しかった」

「……俺も楽しかった。バッティングセンターは、期末テストが終わった後な」

「……うん。そっちも楽しみにしとく。けどその前に勉強会だかんね」

「……分かってるよ」

たぶん、お互いにほっとしていると思う。

あとはいつも通り、型通りの言葉を交わすだけだから。

「……じゃあ、またね。成海」

「……またな。加瀬宮」

本来なら、あとはマンションに入っていく加瀬宮の背中を見送るだけだった。

「こんな夜遅くまで、いったいどこを歩いていたの――――小白」

冷たい女性の声が、加瀬宮にかけられるまでは。

間章一　加瀬宮小白の事情

私――加瀬宮小白には、天才の姉がいる。

kuon。本名は加瀬宮黒音。若い世代を中心に大人気のシンガーソングライターであり、私のお姉ちゃん。

その歌声は数多くの人々を魅了して、自ら作詞・作曲を手掛けた曲は軒並み大ヒット。有名映画の主題歌にも抜擢された時は、社会現象と呼ばれるまでのブームも巻き起こした。

そんなお姉ちゃんは、幼い頃からとにかく優秀だった。

天才。神童。そういった言葉すら安っぽく感じるほどに。

勉強も運動もなんでもできて、ルックスだってずば抜けていて。

独特なセンスもあって、みんなを魅了する歌声もあって、人気もあって。

そんなお姉ちゃんがいたから、妹である私も期待された。

「小白。あなたもできるわよね？　だってあなたは、黒音の妹なんだから」

「うんっ。私もお姉ちゃんみたいになりたい」

「そう。良い子ね」

だから私も、ママの期待に応えようとした。

「黒音があなたぐらいの頃は、これぐらいの問題すぐに解いてたわ」

落胆された。

「三位入賞……この大会、黒音は優勝してたわよ」

落胆された。

「……ダメね。とりあえず歌わせてみたけど、黒音の足元にも及ばないわ」

落胆された。

「小白。こんなこともできないの？」

ごめんなさい。

「あなたは誰の妹？」

加瀬宮黒音の妹です。

「じゃあどうしてできないの？」

……………………。

どうしてだろう。分からない。お姉ちゃんと同じようにしているはずなのに。できない。結果が出せない。どうして。なんで。分からないよ。そんなの。でもやらないと。だって私は、お姉ちゃんの妹だから。お姉ちゃんができたことは、私にもできるはず。

――だって私は、加瀬宮黒音の妹だから。

これぐらいはできて当然なんだ。

がんばろう。がんばらなきゃ。がんばらないといけないんだ。

「合格なんて当たり前よ。……黒音はもっとできてたのに」

お姉ちゃんは主席で合格したのに。

「結局、二位止まり……黒音の時とは違うわね、やっぱり」

お姉ちゃんは優勝してたのに。

「諦めなさい。あなたに黒音のような歌の才能はない」

お姉ちゃんは歌手になったのに。

私はできなかった。お姉ちゃんができてたことを、何一つとしてできなかった。できなくちゃいけなかったのに。私はできなかった。できなかった。できなかった。

どれだけ努力しても、何度やっても、私はお姉ちゃんと同じ道を走ることができない。

自分が情けなくて、惨めで、絶対に届かない背中を見るのが辛くなって。

俯く時間が増えた。肩を落とすことが増えた。暗い地面はもう見慣れた。


「……ごめんなさい」


何度、この言葉を口にしたのか分からない。

お姉ちゃんからは聞いたこともないような言葉を、私はいつも言っていた。

「お姉ちゃんみたいにできなくて、ごめんなさい」

ごめんなさい。

「いいのよ、小白」

ごめんなさい。ごめんなさい。ごめんなさい。ごめんなさい。ごめんなさい。

「あなたにはもう、期待しないから」

――――――――――――――――。

ハッキリと突きつけられたママの言葉は、今でも覚えている。

その一言で、私の心は完全に折れた。

たぶん、もう、がんばることにも疲れていた。

届かない背中を追い続けることに、自分では走ることができない道を走ろうとすることに。

やがてママはお姉ちゃんの歌手活動を支えるマネージャーとして多忙を極めるようになった。

「あなたは自由にやりなさい。けど頼むから、黒音の足だけは引っ張らないでね」

ママは私に、たったそれだけしか望まなくなっていた。

私のことなんて見ないようになっていた。……ううん。違う。

ママは最初から、私のことなんて見ていなかった。

ママの目には、お姉ちゃんしか映っていなかった。

加瀬宮小白という人間は、誰からも必要とされていなくて、誰からも見向きもされていない存在だった。

「今、黒音が集中してるみたいだから、外に遊びに行ってらっしゃい。お金ならあげるから」

手渡された一万円札。中学生のお小遣いとしては破格と呼べるだろうそれを握りしめながら、私は外をぶらついたり、どこかのお店で、一人で時間を潰すことが当たり前になっていた。

しかもお姉ちゃんが有名になるにつれて、お姉ちゃん目当てで私に近寄ってくる人たちも増えた。私の人生はどこまでいっても、どこにいても、お姉ちゃんの影が付きまとう。もう嫌気がさしていた。だから私は、家族から逃げた。家という場所を避けるようになった。近づいてくる人からも逃げた。勝手に期待して近寄ってきて、勝手に失望して私を傷つけてくるから。

……違う。それも言い訳だ。

自分が傷つくからだ。お姉ちゃんのことを話題に出されるたびに、お姉ちゃんみたいにできなかった、情けない自分のことを思い知らされるからだ。思い出してしまうからだ。

「こんな夜遅くまで何やってるの。まさかヘンなことしてないでしょうね？」

そして皮肉にも、家族や家から逃げ出した途端、ママとの会話が増えた。これを会話と言っていいのか分からないけれど、少なくとも何かを言われる機会は増えたと思う。

「別にいいじゃん。何をしようと私の勝手でしょ」

忙しくて家にもあんまり帰ってこないくせに。

これで何か食べときなさいって、お金を置いてるだけのくせに。

お姉ちゃんみたいにできない私のことなんか、どうでもいいくせに。

「言ったでしょ、黒音(くおん)の足を引っ張るようなことはやめてって」

ママの中にある心配は、いつだってお姉ちゃんの心配だ。

たまに家に帰ってきては、私にお姉ちゃんに迷惑をかけるな、足を引っ張るようなことはするなと文句を言ってくる。そんな生活を送っている時だった。

「もしもし、母さん？」

私が、偶然にも成海(なるみ)の電話を耳にしたのは。

成海紅太。クラスメイトで、同じファミレスに通う常連。

特に言葉を交わしたことはないけれど、常連として意識はしていた。

そして、電話の会話を盗み聞きするつもりはなかったけど、彼が私と同じように家族と上手くいっていないことも、知ってしまった。

「家族と仲、悪いの？」

気がつけば自分から話しかけていた。話しかけて、内心では動揺していた。

「……それって、俺に質問してる？」

「他に誰がいるの」

私は何をやっているのだろう。自分から周りを寄せ付けないように自衛していた私が、自分から話しかけている。その矛盾した行動に、私自身が困惑していた。

話しているうちに、彼が私と似ていることを知った。

同じように家という場所から、家族から逃げていることを知った。

そんな人が私以外にもいたことが……嬉しい、と思ってしまった。そして、いつもお店で過ごす一人だけの時間が孤独で寂しいものだと感じていたことに、その時になってはじめて気がつくことができた。

——わたしは小白の友達だけれど、わたしじゃ小白の孤独を癒やしてあげられないと思う。

その時。いつか言われたことのある、友達の言葉が頭の中で蘇った。

「だったら、提案があるんだけど」

いつの間にか、私は成海に提案していた。

あのお店で一緒に時間を過ごすことを。一人じゃなくて、二人で時間を過ごすことを。

断られるかもしれないって、緊張していた。胸の中で心臓が物凄く大きな音を立てていた。

「それに……成海になら、話せそうだからさ。愚痴とかも」

「色々だよ。学校のこととか、プライベートのこととか――家族のこと、とか」

「愚痴を言い合って、聞くだけ。それ以上、先には踏み込まない……っていうのはどう？」

言い訳みたいに、必死に説得しているみたいに、次から次へと言葉が出ていた。

「うん。いいな。俺たちのスタンスにも合ってるし」

「そっか。じゃあ、決まりだね」

「おう。同盟締結だな」

「同盟か。いいじゃん、それ。せっかくだし名前でもつける？」

私は笑っていたと思う。

それはきっと、嬉しかったから。心の底から安堵して、ほっとしていたから。

こうして、ファミレス同盟という私と成海の奇妙な関係がはじまった。

成海と過ごす時間は居心地がよかった。

あれだけ感じていた寂しさも孤独も感じなくなっていた。

くだらない話をして。家族の話もして。愚痴をきいてもらって。

そこに後ろめたさなんてなかったし、居心地の悪さもなかった。

お姉ちゃんの話もママの話もすることができた。愚痴を吐き出すことができた。

家以外にも居場所ができたと思った。はじめての、居場所。

それだけでよかった。居場所があるだけで、私は満足していた。

なのに。

「バカバカしい噂を真に受けて、友達のこと悪く言われてる……それが嫌で、怒ってたんだ」

成海は怒った。

放置していた私の悪い噂。あながち嘘でもないけれど、本当でもない。多少の悪意がブレンドされた噂に、成海は怒ってくれた。

私のために怒ってくれる人なんか、今までいなかった。

怒るとすればお姉ちゃんのため。お姉ちゃんに迷惑をかけないために。

私のことなんか見てくれなくて、見えてすらなくて。

だけど成海は、私を見てくれた。

お姉ちゃんみたいにできない私じゃなくて。

お姉ちゃんでもなくて。

加瀬宮小白という人間を見て、加瀬宮小白のために怒ってくれた。

「……噂のことなんだけどさ。一応、夜はこの店から家に帰る以外はしてないから。たまにコンビニに寄り道したりするけど、遊び歩いてるとかはやってない。それと、あんまりよくない人たちと関わりがあるっていう噂は……たぶんそれ、芸能事務所の社長からスカウトされてるところを見られただけだと思う。あの人、派手な見た目してたし」

特に言うつもりもなかった噂の真相だって説明していた。

この居心地の良い時間を壊したくなかったから、触れたくなかったはずなのに。

こんな言い訳がましいこと、言うつもりもなかったのに。

「そうか。まあ……そんなとこだろうな。噂の真相ってやつは。この噂をそのままにしてるのも、お姉さん目当てで来る連中を少しでも減らすためだろ？」

「……そこまでお見通しなんだ。やるじゃん」

私のことを見てくれている。

それは思っていたよりも嬉しくて、幸せで、照れくさくて――温かかった。

「家族の件を照らし合わせれば予想はつく。夜に遊び歩いてる件にしたって、元からある程度予想はついてたし……まぁ、スカウトの方は予想外だったけど、言われてみれば特別驚くほどのことじゃなかったし」

「そこは驚きなよ」

「加瀬宮ならスカウトの一つや二つあってもおかしくないだろ」

「……それ、どういう意味？」

「それぐらい魅力のある友達って意味だ」

「…………そりゃ、どーも」

成海は、サラッととんでもないことを言うやつだ。

「逃げたっていいだろ、別に」

誰も言わないことを言ってくるやつだ。

「俺は家族から逃げた。でも、逃げた先で、加瀬宮と友達になれた。こうやって放課後に映画を観て、楽しんで、ファミレスで愚痴りながら飯食って……こんなにも居心地の良い時間を過ごすことができてる」

「それって、良いことなの？」

「俺にとっては良いことだ。まだお前と友達になって数日ぐらいだけど……ファミレスで加瀬宮と過ごす時間は、けっこう好きだぞ」

この時は言えなかった。胸の奥から込み上げてきた言葉にできないほどの想いが、溢れ出しそうだったから。

でもね成海。本当はこう言いたかったんだ。

——私も好きだよ。成海と過ごす時間が。って。

「俺は逃げてよかったと思ってる。加瀬宮はどうだ？」

「…………私も、同じ」

あらためて問われてようやく、嚙み締めるように、言葉を絞り出せた。

「前は罪悪感があった。後ろめたさがあった。でも今は、逃げてよかったって思ってる。ここであんたと喋ってる時間は……うん。楽しいから」

私はいつの間にか、後ろめたさを抱えて逃げ込んでいたあのファミレスに行くのが、楽しみになっていた。こうして言葉にするまで、自分でも気づかないぐらいに。

「……ふふっ。逃げてよかったとか、ヘンなの。普通は逃げるのはダメでしょ」

「……だな」

本当にヘンなの。逃げてもいいなんて、誰も言ってくれなかった。

お姉ちゃんの後を追いかける私に向けられてきたのは、落胆か、失望か。届くわけのない背中を追いかけることへの、嘲笑か、哀れみか。

でも、成海は違う。

私を見下ろしながら落胆するわけでも、失望するわけでもなく。

私を外から眺めながら嘲笑するわけでも、哀れむわけでもなく。

ただ、一緒に逃げてくれる。一緒に逃避してくれる。

それは何よりも嬉しくて……。

(……成海と出会えたことは、私にとっては奇跡だよ)

こんなこと、恥ずかしくてとても面と向かっては言えないけれど。

……正直、考えもしなかった。一緒に逃避してくれる人なんて、居るわけがないと思ってたから。お姉ちゃんから、家族から逃げて、あのファミレスにいる人なんて、私だけだと思ってたから。私と同じように逃げている人があの店にいるなんて、思ってもみなかったから。

私と同じ逃げている人がいたことも。

あのお店で成海と出会えたことも。

成海と一緒に逃げていく日々も。

私にとってはその全てが、とても愛おしい奇跡。

こんな日が続けばいいのに。これからもずっとずっと。

誰にも見つかることなく、触れられることもなく、この時間が続けばいいのに。

そう願わずにはいられない。

……でも、そんなわけがなかった。

ファミレスの外に出てしまえば、そこは現実。

辛いばかりの現実が待っている。

そこにいたのは、スーツをきっちりと着こなした細身の女性だった。

レディースのビジネスバッグを肩から下げ、見た目はかなりやり手のキャリアウーマンといった感じだ。加瀬宮に向けられている眼鏡のレンズ越しの鋭い眼差しは、咎めるような色味を帯びている。

（『小白』……）

加瀬宮の下の名前を呼べる人間で、このタワーマンションの前にいて。

それに顔つきもよく見てみればどことなく加瀬宮に似ている気がする。加瀬宮が大人になって歳を重ねれば、ちょうどこんな美人になるような。

「………ママ」

やっぱりそうか。加瀬宮の母親だったか。

加瀬宮のお姉さんが大学生であることを頭に入れると、年齢よりも若々しい。

「私の目が届かないからって、またこんな時間まで外を出歩いてたのね。まったく……いつま

でたっても成長しないんだから」

「…………」

心底呆れたようにため息をつく加瀬宮の母親。

やがてその視線は、加瀬宮の隣にいる俺の方へと向けられた。

「……そちらの方は？」

「申し遅れました。成海紅太といいます。加瀬宮さんの友達です」

「そうですか。いつもうちの小白がご迷惑をおかけしております」

挨拶そのものは至って普通だが、その言葉にはどこか含みがあるように感じてしまうのは、俺の気にし過ぎか、俺が捻くれているだけか。それとも……。

「今日は俺が加瀬宮さんを誘って、無理に連れまわしてしまったんです。楽しくてつい時間も忘れてしまって……申し訳ありません」

「お気遣いは結構です。どうせこの子がまた、くだらないことで引き留めたんでしょう。……はぁ……他の人に迷惑をかけないでよ。こっちは忙しいんだから」

「…………っ……」

母親の言葉に、加瀬宮は唇を噛み締めながら小さく拳を握る。

「何か言いたそうね、小白」

「別に、なにも」

「……その気に入らないって目つき。心の中で思うのは構わないけど、顔に出す癖はいい加減直しなさい。みっともないわよ」

慣れたようにため息をつき、加瀬宮の母親はそのままマンションへと入っていく。

そのあとを追うように、加瀬宮もまた力のない足取りで続こうとして――その前に一瞬、俺と目が合った。

「………………っ……」

加瀬宮は痛みに耐えかねたように視線を外すと、そのまま天を衝かんばかりに聳え立つマンションの中へと姿を消した。

「加瀬宮……」

最後に目が合った時の加瀬宮がどんな気持ちだったのか。

俺はそれが分かるような気がした。俺と加瀬宮は似ている。似ているからこそ、分かる。

――こんなとこ、成海にだけは見られたくなかった。

加瀬宮が最後に残した瞳からは、彼女のそんな感情が、言葉が、滲みだしているような。そんな気がした。

☆

「……ただいま」

加瀬宮の家から真っすぐに帰宅し、リビングに顔を出して帰宅を知らせる。

「おかえりなさい」

「おかえり、紅太くん」

「疲れてるでしょ。浴槽のお湯、張り直してるから。お風呂に入って疲れをとりなさい」

時刻は十時も回ろうという時間帯での帰宅。

リビングで執筆活動をしていた母さんと、ココアをカップに注いでいる明弘さんが温かく出迎えてくれた。

いつもなら居心地の悪さ、罪悪感、後ろめたさで胸がいっぱいになるはずなのに、今日ばかりはその温かさを素直に受け取ることができた。

（『おかえりなさい』か……）

この二人は当たり前のように『おかえりなさい』と言ってくれる。

だけど。

（……加瀬宮の母親は言わなかったな）

加瀬宮の母親は、帰宅した娘に対して挨拶の一つも言わなかった。

心配の言葉すらもなかった。ただ咎め、呆れ、面倒そうにしていただけだった。

「どうしたの？　ぼーっとして」

「……俺って恵まれてるんだなって思っただけ」

「なに、熱でもあるの」

「ねぇよ」

むしろ、あの加瀬宮の母親という存在が熱を出した時に見た夢であればどれだけよかったか。

「じゃあ、上に荷物置いてから風呂入るわ」

「あ、紅太くん。上に行くんだったら、琴水にココアを持って行ってもらえないかな。今、勉強してるはずだから」

「……分かりました」

「ありがとう。助かるよ」

辻川とはまだ正直、距離感が微妙だ。

恐らく明弘さんもその辺りのことを見抜いているのだろう。こうして差し入れの役目を俺に頼むことで、兄妹間のコミュニケーションの機会を増やしてくれているというわけだ。

これが赤の他人だったのなら断っていただろう。

上手くいかない人間というものはこの世にいくらでもいるだろうし、合わない人と無理して付き合う必要はない。

しかし厄介なことに、俺たちは家族だ。

学校とは違い、この家族という繋がりはこれからも続いていく。

仮に逃げるにしても、目を背けるにしても、俺たちが『家族』という事実そのものはなくならないのだ。

それに母さんがせっかく摑んだ幸せ。ここでめちゃくちゃにぶち壊してしまおうとするほど、俺だって心がないわけじゃない。

……と、まあ。そんな風に自分の心の中につらつらと言い訳や理屈を並べ立て、心を強く保った上で義妹の部屋の前に立った。

まずは深呼吸。そして軽くノックして。

「あー、辻川。俺だ」

「兄さん？」

「明弘さんから頼まれて持ってきたんだけど」

「なるほど。少々お待ちください」

それから少しして、部屋の扉が開いた。

ルームウェア姿の辻川は俺の姿を一瞥して、

「おかえりなさい。帰ってたんですね」

と、まずは挨拶の一言をくれた。

「あ、あぁ……うん。さっき帰ってきた」

「？　どうかしましたか？」

「……挨拶、くれるんだなと思って」

「当然ですよ。親しき中にも礼儀ありと言いますから。それが家族ならなおさらです。何より『普通の家族』なら、帰宅した兄に挨拶をするのは当然です」

「親しき中にも礼儀あり、か……」

辻川もこうして『おかえりなさい』と言ってくれる。加瀬宮の母親がどれだけ娘に興味を持っていないか。それがますます浮き彫りになったような気がして、逆に気分が落ち込みそうになった。

「これ、明弘さんから」

「ありがとうございます」

ココアを受け取る辻川。

「そういえば兄さん、明日は金曜日ということは、アルバイトはお休みですよね？」

「……ん。そうだな」

「今日は予定があったみたいですが、いつも通りなら、明日は家に居てくれますよね」

「……その予定だな」

「ふふっ。嬉しいです。明日はお母さんも息抜きの日にするらしいですし、お父さんの帰りも早いそうです。普通の家族らしく、みんなで一緒にいられますね」

……普通の家族か。

それを取り繕うことが俺がするべきことなんだろう。

どれだけ居心地が悪くても、家族を大切にすることが普通なのだろう。

だけど、俺の頭の中には……母親と共に去っていく加瀬宮の背中が、彼女が最後に見せたあの眼が、ずっと消えずに残り続けていた。

☆

怒濤のような木曜日が終わり、世の学生と社会人のパフォーマンスが最も向上するであろう日、即ち金曜日が始まった。

映画。ファミレス。そして最後に出くわしてしまった、娘に対して冷たい加瀬宮の母親。

木曜日は怒濤と称するに相応しい内容だったと思う。

いや、それを言うなら今週の平日そのものが怒濤だった。

月曜日からはじまった加瀬宮小白との同盟関係。

今日を含めてもまだ五日目。たったの五日でしかないけれど、俺にとっては大きな変化だと思う。

「…………」

頭の中を満たしているのは、昨日の加瀬宮の表情。そればかりを考えてしまう。

「おーい、紅太。紅太ー？」

「……っ。夏樹か。どうした」

「どうしたもこうしたもないよ。さっきから『おはよー』って呼んでるのに、全然反応しないからさー」

「悪い。ちょっと考え事してた」

「最近多いねぇ」

「……そうだな。考えることが増えた」

特にこの五日間で。

「うーん………」

「人の顔を凝視するな」

「紅太さぁ。やっぱり最近ちょっと変わったよね。新しくできたお友達のおかげかな」

「そうか？　俺としては別に変わったつもりは――……」

ない、と言いきることができなかった。

この怒濤の五日間で、成海紅太という人間が多少なりとも変化していることを自覚してしまっているからだ。加瀬宮小白との五日間は、それだけ俺にとって夢のような日々だった。

「……………ある、な」

「だよねー」

何が嬉しいのか、夏樹はへにゃりと笑う。

「なんで嬉しそうにしてんだ」

「んー？　なんでだろ。わかんない」

「自分のことだろーよ」

「紅太だってわかるの？　自分のこと、何もかも全部」

その夏樹の一言は、知ってか知らずか、成海紅太という人間の奥底に深々と突き刺さった。

何か痛いところを突かれたような。夏樹には見えている何かを、容赦なく指摘されたような。

「あっ、加瀬宮さんだ」

朝の教室に加瀬宮が登校してきた。その眼は前を見ているようで、どこも見ていない。虚ろで朧げで、今にも消えてしまいそうな。

「加瀬宮さんもさ、最近ちょっと変わったよね」

「そうか？」

「うん。そうだよ。……でも今日は、いつも通りかも」

「いつも通り……」

「ちょっと前の……っていうか、先週ぐらいまでは毎日あんな眼をしてたけどね」

あの虚ろな眼をしているのが、いつもの加瀬宮。

……俺の知っている加瀬宮小白という人間は違う。あんな眼はしていない。俺の記憶の中にある加瀬宮は、もっと色んな表情を見せていた。

教室で見せている、拒絶に満ちたクールな顔だったり。

徹夜でゲームをして眠気に襲われていたり。

映画の感想を楽しく語っていたり。

ハンバーグをとられて本気で慌てたり。

それが、今の俺が知る加瀬宮小白だ。

宝石のように綺麗な眼は、油断すれば意識を奪われてしまうほど美しく輝いていた。

以前の加瀬宮がどんな眼をしていたのか。どんな感じだったのか、もう思い出せない。

それぐらい、この五日間で俺の中にある『加瀬宮小白』という人間に対する……印象が、変化している。

（————印象？）

印象。

俺は今、そう表現したのか。

（違う）

……『印象』とか、そんな曖昧なものじゃない。

自分の心に対する疑念。違和感。それを辿り、考え、カタチにしていく。

（…………存在？）

そう。そうだ。『印象』ではなく『存在』。そう表現する方が適切なのかもしれない。

加瀬宮小白という人間は、俺の中で大きな『存在』になっている。

「また考え事してる」

「うぉっ⁉」

気がつくと、目の前に夏樹の顔があった。

「予鈴が鳴ったこと気づいてないでしょ」

「……気づかなかった」

「次の授業、細峰先生だよ。机の上に教科書とノート揃えてないと注意されちゃうんじゃないかなーって」

「だな。助かった」

「どーいたしまして。授業中は見つからない程度にしときなよ？　カバーしきれないからさ」

「むしろカバーしてくれようとする意志がありがたい限りだ」

「そりゃするさ」

夏樹は笑って、

「こんなにも真剣に何かを考える紅太、久しぶりに見たもん」

「別に真剣に考え事をすることは今までもあったろ」

「あったよ？　でもね、今の紅太がしてる考え事はきっと、良いことだと思うからさ」

幼馴染の気遣いに感謝しながら、俺は机から教科書を引っ張り出すのだった。

☆

「よーし、それじゃあクラス会いくぞー」

放課後。

沢田の号令に、帰り支度を即座に終わらせたクラス会の参加者たちは意気揚々と立ち上がる。

そんな盛り上がりを横目に、俺もまたのろのろと帰り支度を始める。

「加瀬宮さん」

教科書を詰めた辺りで、同じくのろのろとした手つきで帰り支度をしていた加瀬宮に沢田が声をかけた。

「なに」

「クラス会、どうかな。今からでも参加しない？」

「返事したはずだけど」

「考えが変わったかなと思って」

「変わってないし、今日は家に居なきゃいけないから」

「そっか。今日は家族と過ごす日なんだね」

「あんたには関係ない」

手早く教科書を詰めた加瀬宮は、そのまま足早に教室を去っていった。

「……帰るか」

「おっけー。いやー、金曜日の放課後ってテンション上がるよねー」

「あー……そうだな」

先週までなら夏樹の言葉には即座に頷き、肯定していたことだろう。

いや。今だって金曜日になると嬉しい。特別何か用事や予定がなくてもワクワクするしそわそわする。だが、なぜだろう。今はそこまで心が躍らない。

「じゃあねー、紅太」

「おう、また月曜日な」

「寂しいなー。その休日に会うことはありませんって感じのご挨拶。たまには急なお誘いをしてほしいもんだよ」

「生憎と休日にもバイトが入ってな」

途中で夏樹と別れて、そのまま真っすぐに家に帰る。金曜日はできるだけ家に居るようにするというのが、母さんの新しい幸せを壊さないように決めた俺なりのルールだ。

「ただいま」

「おかえりなさい」

家に帰ると母さんが出迎えてくれた。明弘（あきひろ）さんはいない。当然だ。今日は早めに帰ってくるらしいとはいえ、社会人の就業時間と学生の授業時間は異なるのだから。

「ふー……」

荷物を放り出し、制服をハンガーにかけ、ベッドの上に転がる。

母さんの再婚に伴ってこの家に引っ越してきた日から現在に至るまで……このベッドから見える天井の景色はまだ慣れない。それは、俺がこの家から逃げ続けているからだろうか。

「金曜日は家族を優先させる日……」

自分で定めたルールを口にする。

母さんが再婚して、この家から、家族から、逃げ続ける日々が始まってからも、俺はこのルールを破らないようにしてきた。

金曜日だけは、逃げてはいけない日だった。

「…………」

ベッドから起き上がり、制服をハンガーから取り、スマホをポケットにねじ込む。

二階から一階へ。玄関には直行せず、リビングにいる母さんに顔を出していく。

「あら、どうしたの？」

「ちょっと出かけてくる」

「えっ？　でも、今日は家にいるって……」

「ごめん」

金曜日は家族を優先させる日。

それがルール。家族を壊さないための決まり。

だけど俺は今日、この時だけは、それを破ることにした。

「………」

メッセージアプリで加瀬宮に連絡を送る。

文面はシンプルに。端的に。

●紅太：今から行く

これだけだ。これだけで、伝わるはずだ。

——変わってないし、今日は家に居なきゃいけないから。

――そっか。今日は家族と過ごす日なんだね。

「……そんなわけないだろ」

脳裏に蘇った沢田の言葉に赤字でバツを入れる。

沢田。お前は加瀬宮小白という人間を分かっていない。

加瀬宮が家に居るだって？　そんなの、クラス会を断るための嘘に決まっているだろう。

今までみたいに冷たく拒絶して切って捨てないのは、悪い噂が出ないようにするためだ。

「…………」

向かったのは勿論、いつものお店。いつものファミレス。いつもの席。

「……ほんとに来た」

座っていたのは、加瀬宮小白。

「今日って、家に居なきゃいけない日じゃ……」

「そのつもりだったんだけどな」

テーブルを挟み、この五日間ですっかり『いつもの席』になった椅子に座る。

「今日は、加瀬宮の愚痴を聞くことにした」

「私の愚痴を聞くことにしたって……え？　なんで？」

「なんでって……」

よりにもよってこの金曜日に、なぜ自分に課したルールを破ってまで、家族との時間を蔑ろにしてまでこの場に駆け付けたのかは俺自身よく分かっていない。

　ここにくるまでの道中、何度も自分に問いかけたが、その答えはついぞ出なかった。

「学校のこととか、プライベートのこととか——家族のこととか。そういう愚痴を言い合って、聞く。そういう同盟を結んでいただろ、俺たちは」

　そもそもこれは加瀬宮の方から持ちかけてきたものだ。忘れたとは言わせない。

「————……」

　だというのに、加瀬宮は口を開けてぽかんとした表情のまま、固まっている。

「……何か言えよ」

「ごめん。なんだろ。……わかんない」

「わかんない？」

「なんか……来るとは思ってなかったから。今日は、会えないって思ってたから……なんでだろ。自分でもわかんないぐらい、混乱してるっていうか……」

　ここまで慌てている加瀬宮は珍しい。昼間のクールな時はもとより、夜の放課後にだってこんな顔を見せることはなかったように思う。

「……さっきも言ったけどさ。今日、来る予定じゃなかったのは、本当だ」

「……じゃあ、なんで来たの」

「……わからん」

「そっちもわかってないじゃん」

俺が素直に答えると、加瀬宮は小さく噴き出した。

「うるさいな。俺だって考えてるけど分かんないんだよ。とにかく、愚痴だ、愚痴。今日はお前の愚痴を聞いてやるって決めたんだ。……あぁ、でも先に俺の分のドリンクバーを注文させてくれ」

「注文しなくていいから」

「お前は鬼か。こっちは走ってきて喉が渇いてるんだぞ」

「……ふーん？　走ってきてくれたんだ」

「……悪いかよ」

「悪くない。……むしろ嬉しい」

なんでだろうな。今、加瀬宮の顔をまともに見られない。

「とにかく、注文はさせてもらうからな」

「だから大丈夫だって。ほら」

加瀬宮はテーブル伝票を抜き取って俺の前に広げる。真っ白な用紙には黒い文字で『ドリンクバー　数量：2』と記載されていた。

「……成海が来るとは思ってなかったんだけど……いつもの癖で、二つ注文してた」

俺は普段バイトが終わってからファミレスに向かっており、加瀬宮にはあらかじめ俺の分のドリンクバーも一緒に注文してもらっている。

「俺が来てよかったな」

「来なくても二人分飲んでたし」

「飲み放題だからいくら飲んでも一人分だろ」

「いつもの倍飲めば二人分でしょ」

無茶苦茶な理屈を振りかざす加瀬宮。ここでようやく目が合った。

肩の力も抜けて、余計なことも頭から抜け落ちて、いつも通りの放課後が戻ってきたような感じがして。

「……ふふっ。流石に無茶だね」

「ははっ。ああ、まったくだ」

二人して笑った。笑い合った。

「ありがと、成海。ちょっと元気でた」

「礼は要らない。別に元気づけに来たわけじゃないからな」

「そっか。そうだよね。成海は、ただ愚痴を聞きに来てくれただけだもんね」

「そっちの方が、お前は楽だろ」

「うん。こっちの方が楽」

加瀬宮が注文してくれていたドリンクバーを使わせてもらい、グラスに軽く氷を入れてギリギリまでメロンソーダを注ぐ。すぐ傍では、新しく飲み物を入れるために同じく席を立った加瀬宮が順番待ちをしていた。

「好きだね、メロンソーダ」

「家じゃ飲めないからな」

「あー、確かに。メロンソーダってさ。ファミレスだとよく見かけるけど、ペットボトルとかの売り物になるとあんまり見かけないよね。なんでだろ」

「希少性を高めるための戦略とか？」

「高めてどうすんの？」

「…………あとは神のみぞ知るってやつだ。たぶん」

「てきとーすぎ」

加瀬宮は小さく笑うと、グラスを手に取りその中に軽く氷を入れる。

氷を詰めた透明なグラスをマシンにセットすると、先ほど俺が押したボタンに人差し指を押し込んだ。

「私もメロンソーダにしちゃお」

「紅茶じゃなくていいのか？」

「今日は特別」

二人でメロンソーダを携えて席に戻る。

もうすぐ夕方になろうかという時間帯。周りの席は徐々に埋まり始めていた。

子供連れや学生、中にはタブレットのカバーについているキーボードを必死に叩いて書類かいる。何かを作成している人もいれば、テーブルに書類を広げて打ち合わせをしている人もいる。

煩雑な音。雑音。生活音。周りのことなど気にすることもなく、自分のことだけに集中している。この煩い静寂が俺は好きだ。耳にはこんなにも音が届いているのに、世界には俺たちしかいないような気分になれるから。

「……昨日は、ごめんね」

目の前にいる加瀬宮の声は、周りの声に遮られることもなく聞こえた。

「うちのママ、感じ悪かったでしょ」

「俺が何かされたわけじゃないから、お前が謝る必要はどこにもない」

「でも、私のママだからさ。もし成海が嫌な気持ちになってたら、私が謝るべきだと思う」

「……面倒だな。家族って」

「それは同感」

家族だから代わりに謝る。親だから。娘だから。繋がっているから。

加瀬宮本人が何かをしたわけでもないのに。本当に面倒な繋がりだ、家族というのは。

「昨日のことで、俺が嫌な気持ちになったとすれば――」

正直なところ。

昨日、あの夜、あの場所で、俺は嫌な気持ちにはなっていた。

もっと言えば不快だと感じていた。拭い難い不快感が今もなお、胸の内にこびり付いていた。

「何もかも加瀬宮が悪いって最初から決めつけてる、お前の母親のあの目つき、顔、ついでに言動だな。仮にもマネージャーやってるなら、心の中で思ってることを顔に出す癖は直しといた方がいいぞ。みっともないから」

不快感を吐き出したあと、メロンソーダで喉を潤す。口直し完了。

「ふ、ふふっ……」

グラスの中に満ちた色鮮やかな緑の液体が半分になった後、加瀬宮がくつくつと笑い始めた。

「あははっ。なにそれ。普通、他人の母親にそこまで言う？」

「謝った方がいいなら、心が一切こもっていない謝罪ぐらいはするけどな」

「いい。……ちょっとすっきりした」

「加瀬宮が？」

「うん。私はそこまで言えないから」

「だろうな。俺だって自分で驚いてる。他人の母親にここまで言うとは思ってなかった」

俺は他人の家に口は出さない主義なのに。

加瀬宮と一緒にいると、どんどん自分が自分でなくなるみたいだ。

「……お前のせいだぞ、加瀬宮」

「急になに。意味わかんない」

「俺も意味わかんない」

「真似するなし」

笑いながら、加瀬宮はその繊細な指でつまんだストローをグラスの中で小さくまわす。

へこみのある氷のブロックがグラスに当たり、軽やかで涼しげな音を奏でる。

「……昨日ね。あの後、ママからお小言もらっちゃった」

「同盟相手に情報は共有してもらいたいもんだな」

いつかの加瀬宮と同じ理屈を持ち出す。

「あんまり良い内容じゃないけど、それでもいい？」

「じゃあなんで話題に出したんだよ」

「……まぁ。同意できる内容ではあったから。言わないままなのは、成海に対して公平じゃないかなって」

「一応、聞いてやるよ」

加瀬宮はその小さくて柔らかそうな口をストローにつけ、メロンソーダをちびちびと飲んだ。

俺にはそれがこれから発する言葉に必要なエネルギーの補充のように見えた。

「…………『あなたの遊びに付き合わせてると、あの成海って子もどんどん落ちぶれていくわよ。他人の足を引っ張るのはやめなさい』……だってさ」

「へぇ。落ちぶれていく、ねぇ……それで？　それのどこへんが『同意できる内容』なんだよ」

「ん。まぁ……全面的に？　今日だって、成海は家族と過ごすはずだったでしょ。なのに私は、その時間を奪ってる」

「選んだのは俺だ。それに、仮にお前の母親の言葉が事実だったとしても、俺には通じない」

「なんで？」

「なにせ俺は――――」

首をかしげる加瀬宮に、これだけは自信を持って言ってやる。

「お前と友達になる前から、もう十分に落ちぶれてるからな」

「……は？」

「家から逃げて、家族から逃げて。逃げて、逃げて、逃げて、この店に入り浸ってた。ほらな？　もう十分に落ちぶれてるだろ？」

胸を張って言ってやった。自信をもって言ってやった。

「……ほんと、成海って面白いね」

「それは誉め言葉と受け取ってもいいのか？」

「どうだろ。バカだなーとは思うけど」

「バカだからここにいるんだろうなぁ」

「かもね。でも……」

加瀬宮の目には、光が戻っていた。

今朝のように虚ろでもなく、俺が知る……否、この五日間で知った加瀬宮小白が戻ってきた。

「そーいうバカなやつ、私は嫌いじゃない」

「……誉め言葉として受け取っておく」

せいぜいそんなことを言って、視線を逸らすことしかできなかった。

自分でも分からない。ただ今は、今だけは、加瀬宮の顔を直視することができなかったから。

「今日ってさ、クラス会の日だったよね」

「行きたかったのか？」

「まさか。……そうじゃなくてさ。私たちも今からしようよ、クラス会」

「二人しかいないのに？」

「二人だけでもクラス会はクラス会でしょ。それに……」

「家族への言い訳になるから」

タイミングを合わせることなく、俺たちの言葉は一言一句違わず一致した。

「特に成海は必要でしょ」

「その気遣いに感謝しとく」

「……こっちこそ、ありがと」

そう言って、加瀬宮はメロンソーダの残りが少なくなったグラスを小さく掲げる。

「一応、それっぽいこともやる？」

「やっとくか」

俺もまたグラスを小さく掲げて、加瀬宮のグラスに軽く当てる。

「「かんぱい」」

間章二　加瀬宮小白の独白

「またな、加瀬宮」

「……またね、成海」

たった二人きり。たった二人しかいなかったクラス会。

成海は今日も、いつものファミレスから家までの道を送ってくれた。

薄ら寒いほど清潔かつ高級感のあるエントランスを通り、そのままエレベーターに入る。

綺麗にラッピングされたようなタワーを昇る鉄の箱。天を衝くように聳え立つ建物の最上階にある我が家。

鍵を開けて入る。そこには灯り一つない真っ暗な部屋。華やかな外観の腹の底に横たわっている冷たい闇。パパもママもお姉ちゃんも、今日はみんな仕事なのだろう。むしろ家に揃っていることの方が珍しくて、この真っ暗な家が私にとっての『普通』だ。

鞄を置いて、制服のままベッドの上に倒れ込む。シワがついちゃうだろうけど、構わない。

それどころじゃない。それどころじゃなかった。

「……っ……はぁ――――……」

息と一緒に胸の内にたまっていた言葉にできないナニカを、ようやく吐き出せた。

「………」

心臓の鼓動がうるさい。身体が熱い。特に顔。窓を閉め切って冷房を切った真夏の部屋みたいに、熱が全身にこもっているみたいだ。

わかんない。どうして自分がこうなっているのか。皆目見当もつかない。

「なんで来ちゃうかな……」

先ほど送ってもらったばかりで、今頃きっと家までの道を一人で歩いているであろう男子の顔が浮かんでくる。

普通は家族のことを優先するべきなのに。自分の家族のことを蔑ろにしてまで、私のところに来てくれた。

きっと必死になって走ってくれたんだろう。髪はぐちゃぐちゃだったし、汗もかいてたし、制服だって乱れてたし。

どれだけ必死に走ってきてくれたんだろう。

「本当にばかだよ。ばか。ありえない。踏み込まないのが主義のくせして。あんな必死なカオして、走ってまで、来てくれるとか……大ばかでしょ」

成海は、ばかだ。優先順位すらつけられない大馬鹿者だ。

家族よりも友達を優先なんてありえない。

ばかだ。ばか。ばか。ばか。成海の、ばか。

「……でも……嬉しかったよ」

こんなこと思っちゃいけないのに。こう思っちゃいけないことは分かっているから、必死に成海には、バカだと言って、誤魔化していたのに。

「成海が来てくれて嬉しかった。会えないって思ってたから、会えて嬉しかった。一緒にお喋りできて嬉しかった」

一度、口にしてしまえば、あとは堰が切れたように溢れ出てくる。

「傷ついてる時に来てくれて嬉しかった……泣きそうなぐらい辛い時に来てくれて、嬉しかった……」

止められない。胸の奥底から溢れるまま、私は喜びを口にする。

「……………私を選んでくれて、嬉しかった」

昨日。タイミング悪く、帰ってきたママと、家の下で鉢合わせてしまった。

成海には話していた。家族と折り合いが悪いことぐらい。散々、愚痴っていたのに。

――こんなとこ、成海にだけは見られたくなかった。

別れ際にそう思った。成海に見られたくなかった。成海にだけは見られたくないって思ってしまった。なんでかわからなかった。でも、泣きたくなるほど嫌になった。

私はお姉ちゃんよりも劣っていて。ママにとっては足を引っ張るだけの子供で。

家族から必要とされていない。

そんな子供であることを、成海に見られたくなかった。

成海が――私のことを見なくなるかもしれない。もう一緒にいてくれないかもしれない。私のところから離れていくかもしれない。

そう思ったら怖かった。成海の顔をまともに見ることすらできなかった。

朝になって、学校に行っても、そればかり考えていた。今日は放課後に成海に会えないことも気分を落ち込ませた。

仕方がない。成海には成海の家族がある。居心地は悪いかもしれないけれど、それでも家族は家族だ。だから、仕方がない。金曜日が過ぎて、土曜日と日曜日のお休みが明けて、月曜日になればまた会える――本当に？

あんな姿を見て、私がどんな子供かを見て、成海はまた、私と一緒にいてくれる？

あの放課後が心地の良い、ただの夢になってしまわないか。

手元から消えてしまう残酷な幻になってしまわないか。

考えるだけで怖かった。学校での時間が長く感じた。いっそのこと今日はファミレスに行くことはやめようかと思った。でも、足はゆっくりでも自然と動いて、気がつけばいつもの席に座っていた。

「ドリンクバー二つ」

注文をしてから気づいた。今日は成海が来ないから、二つも頼まなくていいことに。

「……………ばかだな、私」

目の前に成海はいない。ただ時間だけが過ぎていく。

今頃、成海は家かな。家族と一緒にいるのかな。居心地も悪くなくなって、もうここに来ないって思ってるのかな。

そんなことばかりを考えていた、その時だった。

「…………？」

手元のスマホに通知が入った。

成海からだ。

「えっ……？」

アプリを開くまでもなかった。

通知のバナー部分だけで全てのメッセージが表示されていたからだ。

●紅太：今から行く

文面はシンプルで。端的で。

これだけで、伝わった。

私が今日も、いつもの店のいつもの席にいることを知っているということ。

家族をほったらかしにして、私のところに来てくれるということ。

だから、そこで待っていてほしいということ。

全部が伝わった。

これは夢なのだろうか。私が私自身に、都合の良い夢を見せているだけなのではないか。

自分で自分を疑って、それはすぐに否定された。

「……ほんとに来た」

成海は。成海紅太は、息を切らしながらここまで足早に近づいてくる。

「今日って、家に居なきゃいけない日じゃ……」

「そのつもりだったんだけどな」

テーブルを挟み、この五日間ですっかり『いつもの席』になった椅子に、成海は座った。

「今日は、加瀬宮の愚痴を聞くことにした」

……ねぇ、成海。

「私の愚痴を聞くことにしたって……え？　なんで？」

「なんでって……学校のこととか、プライベートのこととか――――家族のこととか。そういう愚痴を言い合って、聞く。そういう同盟を結んでいただろ、俺たちは」

成海が来てくれた、この時。この瞬間……私がどれぐらい嬉しかったかわかる？

「――――……」

「……何か言えよ」

「ごめん。なんだろ。……わかんない」

「わかんない？」

本当に嬉しかったんだよ。この時、成海が来てくれたの、嬉しかった。

言葉にはできないぐらい嬉しかった。たぶんどれだけ言葉を重ねても、尽くしても、表現できないぐらいに。

「なんか……来るとは思ってなかったから。今日は、会えないって思ってたから……なんでだろ。自分でもわかんないぐらい、混乱してるっていうか……」

混乱してたのは本当。でもそれ以上に、嬉しくて。

泣かないように必死にこらえていたんだよ。

「……やば。顔、あつすぎでしょ」

なんでだろ。成海が来てくれた時のことを思い出すだけで……ううん。成海のことを考えるだけで、顔が熱くなってきた。心臓の鼓動もさっきからどんどん速くなってきて。

わかんない。何も。なんで、こんなことになってるんだろ。

誰か教えてほしいと思う。私の中にあるこの熱の正体を。

けれど同時に、教えないでとも思う。

知ってしまったら、何かが大きく変わってしまいそうだから。

……たぶん、これも逃げだ。私は正体不明の何かから逃げている、ということだけはわかる。

大丈夫。落ち着けるはず。時間をかけて、少しずつ。

幸いにして明日は土曜日だ。成海と顔を合わせることもない。

だからそれまでに、なんとしてでも、この熱を落ち着かせよう。

問題は、その後だ。これからのことだ。

「………成海と、どんな顔して会えばいいんだろ」

それだけが、今の私を悩ませていた。

家族以外のことで悩むなんて、ずいぶん久しぶりだった。

第五章　よくがんばりました

俺と加瀬宮、二人だけのクラス会からしばらく経った。

あれから俺たちの密かな関係、『ファミレス同盟』としての日々は続いていた。

互いに踏み込まない。踏み込み過ぎない。それが俺たちの関係。

だから、あれから加瀬宮が母親とどうなったのかも、聞けずじまいだけれど。

同盟としてあのファミレスで過ごす時間が、あいつにとっての心地良い逃避になっていることを祈ることしか、俺にはできない。

「新しい生徒会長は来門さんかー。特に意外性はなかったねぇ」

朝の全校集会を終え、大勢の生徒に混じって教室に戻る途中。夏樹は、どこかつまらなそうに感想を漏らす。

「不満そうだな」

「不満があるわけじゃないよ。意外性はないなぁって思っただけ」

「生徒会選挙に意外性を期待するのはお前ぐらいだろうよ」

と、言ってみたものの。夏樹の言わんとするところも分かる。

来門紫織。

学年成績はダントツのトップ。勉強もスポーツもそつなくこなし、特に教師からの信頼は厚い。そつがないというか、優秀過ぎるが故にどこか近寄りがたさがある点はあるが。

沢田が二年生の王子様だとすれば、来門は二年生の女王様といったところか。

彼女は去年も生徒会に入っていて、今年は会長になることは誰もが確信していたことだ。

明日は晴れになる確率が百パーセントです、と言われて実際に天気が快晴だったら特別なイベントでもない限り『予報が当たった』とは感じない。当然の事象に改めて感想を抱くことなどないのだ。

「ここ最近、周りの人がちょっとずつ変わってきたからさー。生徒会選挙にも一波乱あるかと期待しちゃってたりしたんだよ」

「ちょっとずつ変わってきた、って……たとえば？」

「紅太の考え事が増えた」

「生徒会選挙に一波乱期待させるほどのことじゃないだろう」

そして実は、この生徒会に関して俺個人にとって一波乱があったといえばあった。

辻川琴水。新しく俺の家族になった義理の妹が、生徒会に入っていたのだ。

理由は特に聞いていない。たずねようとも思わなかった。俺が口を出すことでもないし。

「他にもあるよ？　加瀬宮さんとか」

「加瀬宮？」

不意にその名前を出され、心臓の鼓動が緊張で跳ねた。

隠している秘密に触れられたような焦りにじわりと汗が滲む。

「加瀬宮さん、最近ちょっと柔らかくなってきたよね」

「……そうなのか？」

「うん。前はもっと近寄り難くて……威圧感みたいなのがあったし。教室でも退屈そうにしてたけど、今はたまに笑うようになったし」

夏樹の向けた視線の先を追うと、同じように教室に戻るべく歩いている加瀬宮の姿が見えた。

朝の柔らかな光を受けて輝く、そのクールで流麗な横顔は、確かに柔らかい雰囲気を感じる。

「よく見てんな、お前」

「人間観察は趣味だからね。これが結構役に立つんだよ」

「何に」

「色々と」

「……これ以上は訊かないでおくよ」

下手に訊いたら何が出てくるか予測がつかないし。

「――あれD組の加瀬宮じゃね？」

すぐ近くを歩いていた他のクラスの男子から、加瀬宮の名前が聞こえてきた。

半ば反射的にその声に耳を澄ましてしまう。

「相変わらず、すっげぇ美人だな。モデルとかやってんのかな」

「特に最近、ますますキレイになってきたよなー……いっそ告っちゃおうかなぁ」

「やめとけ。A組の谷岡が狙ってるって聞いたし、同じD組の沢田も気があるらしいぞ」

「谷岡って野球部のエースだろ？　しかも沢田って二年で一番人気じゃん。……俺らじゃ天地がひっくり返っても無理そうだな」

「まあいいんじゃね？　加瀬宮って性格最悪らしいし」

「話しかけただけで睨まれるらしいぜ」

「こえーなぁ。男に困らない美人だからって調子に乗ってんじゃね？」

「姉の方はあんなにも女神なのになぁ。同じ美人でも大違いだ」

聞こえてくる他のクラスの生徒たちの声に、僅かな苛立ちが胸の中に溜まる。

（……勝手なこと言いやがって）

加瀬宮自身の対応がこの反応を招いているとはいえあんまりじゃないか。

そう思ってしまうのはただの友達贔屓、身内贔屓だろうか。

加瀬宮と知り合って、ファミレス同盟を結んで、かかわりを持つようになってから、前までは気にならなかった噂話や陰口がやけにハッキリと聞こえるようになってきた。

……そのせいだろうか。最近は教室の中ですら居心地の悪さを感じる。

妬み、やっかみ、陰口、嘲笑。そうした加瀬宮に対する負の感情が滞留しているようで、教室にいるだけで息が詰まりそうになる時があって。だけどそういった、クラスメイトたちが抱く加瀬宮に対する悪感情に乗るつもりもなく、むしろ全てをぶち壊すことができればとすら……。

「紅太、顔ちょっと怖いよ」

「えっ。そんな顔してたか」

「してたしてた。ただでさえ目つき悪いんだからさー。怖い顔してたら、人が寄り付かなくなっちゃうよー」

「いいんだよ。今でもぼっち気味だから」

学校でも普段からつるんでるのは夏樹ぐらいで、他に友達らしい友達もいない。話をふられれば雑談ぐらいするけど、友達といえるレベルは夏樹ぐらいだ。

……いや。今なら加瀬宮が加わるのか。

「………？」

己の交友関係の囁かな広がりに気づいていると、スマホにその加瀬宮からのメッセージ通知が入った。

●kohaku：放課後のこと、忘れてないよね

加瀬宮らしい簡素な一文。

「…………」

何気なく視線を送ると、たった今メッセージを送ったスマホを手にしている加瀬宮と視線が合った。その口元は微かに緩んでいる。

俺はそんな彼女の表情から逃げるように視線を逸らし、手早くメッセージを打ち込む。

●紅太：当たり前だろ

送信。送った瞬間、すぐに既読がついた。

「それに紅太の場合はバイトもあるわけだし……あっ。そういえば今日はバイトないんだっけ。珍しいよね。いつも入れてるのに」

「もうすぐ期末だからな。今日は……勉強会の予定が入ってる」

☆

クラス会の前日に結んだ約束。期末に備えて、加瀬宮先生から勉強を教わり始めていた。会場はいつものファミレス。ここなら小腹が空いた時は何か注文できるし、夕食も済ませることができるのは便利だ。

「そこ間違ってるよ」

「えっ、うそ」

「途中式の計算ミスってる」

「……うわっ、ほんとだ」

「そこの応用問題、むずいよね。でも解き方にコツがあってさ。たとえばこうやれば……」

「……ああ、なるほど。確かにそれなら解きやすそうだな」

加瀬宮に教えてもらった方法であらためて問題を解いていく。

「これでどうだ」

「完璧。やるじゃん」

やってることはただの勉強。でもこうやって加瀬宮に教えてもらいながらするだけで、不思議と授業よりも頭に入ってくる。……あとこいつ、何気に教えるのが上手いんだよな。自分も色々と試行錯誤しているのだろうか。経験に基づいた知見は教わる側の心理に寄り添い、かつ分かりやすく、自然と頭に入ってくる。

「中間テストの点数もそうだし、加瀬宮って成績いいよな。勉強、得意なのか？」

「普通。たまに紫織に教えてもらったりしてるから、それも大きいかな」

「紫織？　その名前どこかで……」

「どこかも何も、新しい生徒会長でしょ」

「ああ、来門のことか…………ん？　もしかして加瀬宮って来門と知り合いなのか？」

「知り合いも何も友達だけど？」

「は？」

……前から加瀬宮には友達がいる、ということだけは聞いていた。

――クラスも違うし、学校じゃあんまり関わらないようにしてるから。

そう加瀬宮は言っていたけれど。まさか新しい生徒会長とは思いもしなかった。

「中学からの付き合いなんだよね……って、なに。その顔」

「……意外過ぎる組み合わせでフリーズしてた」

学年一の秀才と学年一の問題児。この二人の間に繋がりがあると予想する人の方が稀だろう。

「そーだよね。自分でも意外だと思うし」

「いや。でも実はそうでもない気がしてきたな。加瀬宮って根は真面目だし」

「それ褒めてる？」

「褒め半分、もうちょっと悪い子供になってしまえばいいのにっていうのも半分」

真面目だからこそ、家族のことで心を痛めている面もあるんじゃないかとは思う。

「……悪い子供になればいい、か。そんなこと言ってくるの、成海(なるみ)ぐらいだよ」

「……そりゃあ、俺は未(いま)だに家族から逃げ続ける悪い子供(ガキ)だからな」

「じゃあ私、わるーい男の子に誑(たぶら)かされてるんだ」

「バレたか。逃げるなら今の内だぞ？」

「やだ。もっと誑(たぶら)かしてよ」

互いに顔を見合わせて小さく噴き出してしまう。

我ながらバカバカしい会話だ。でも、それがいい。

「それにしても学年一位の家庭教師か」

「贅沢(ぜいたく)でしょ」

「けどそれだけで上位には入れないだろ。普段もがんばってるんじゃないのか？」

「まぁ……朝、学校いく前にちょっとだけね」

「俺からすれば、そっちの方がすげーよ」

「こんなの、ただの習慣だから」

「習慣？」

「お姉ちゃんに負けないようにがんばってた頃の、無駄な習慣。それが今もだらだら続いてるだけ……でも、続けててよかったかも」

「一応、理由を聞いておこうか」

「成海に勉強を教えてあげられるから」

目の前で悪戯っ子のように笑う加瀬宮。

「言ってろ。期末テストで追い抜いてやる」

「じゃあ、次は成海が教えてくれる番だ」

「おーおー、楽しみにしてろ」

「うん。楽しみにしてる」

不思議なことに、こうやって時折、加瀬宮との会話を挟むことで逆に集中力が途切れずに続いている気がする。いつも耳にしている店内の環境音に加えて、ノートの上にペンを走らせる音が心地良い。

「……今回の試験勉強、中間の時よりがんばってるかも」

「奇遇だな。俺もだ。そもそも、こんなにも勉強したのは中学受験以来だな」

「……それ、聞いていいやつ？」

「加瀬宮ならいい。というか、愚痴みたいなもんだ。聞いてくれ」

「ん。じゃあ、聞くよ」

「クソ親父……前の父親がさ、能力至上主義みたいな感じだったんだよ。要は『俺の子供なら優秀で当然』『出来の悪い息子は息子に非ず』ってことかな」

親父のことを思い出すだけでも苛立っていたはずだ。

なのに今は落ち着いて話せる。なんでだろう。……やっぱり加瀬宮だからかな。

「なんかうちのママに似てる」

「だよな。俺も同じこと思ってた」

加瀬宮と二人で笑い合う。穏やかに。なんてことのない雑談みたいに。

「そんなんだからさ。小学校受験もやったんだ。その時は落ちたけど、母さんが庇ってくれてさ。許してもらえたよ。……で、今度は中学受験だ。そりゃーもー、死ぬほど勉強したよ。俺を庇ってくれる母さんの背中とか思い出しながらさ、死ぬほど勉強した。親父に気に入られるために色々と無茶もやった。とにかく良い息子にならなきゃってがむしゃらだった。人助けみたいなこともして、俺は価値のある子供ですってのを示したかった」

勝手に首を突っ込んで、泥だらけになったり擦り傷を作ったりしてた。今思えば黒歴史だ。

「……で、まあ。なんだかんだで中学受験には合格したんだけど、ダメだった」

「受かったんじゃないの？」

「小学校受験には落ちたんだから、中学受験は主席合格じゃないとダメだってことらしくてな。……その時、言われたよ。『お前は、どれだけ俺を失望させれば気が済むんだ？』ってさ。以上、終わり。つまらない昔話だっただろ」

「…………そっか」

加瀬宮はしばらく無言になった後、ペンケースから一本の赤いペンを引っ張り出してきた。

「成海。手、出して」

「え？　別にいいけど……右手？　左手？」

「どっちでも。好きな方でいいよ」

「じゃあ……左手で」

ペンを持っていない方の手を差し出すと、加瀬宮の手が優しく包み込んだ。

伝わってくる柔らかい感触と温もりに心臓の鼓動が急激に跳ね上がる。手が熱くなっていることが伝わってしまわないかと気にしていると、赤いペン先が左の手のひらの上を滑り始めた。

そのまま赤いペンが渦巻きのような模様を描くと、その周囲に花びらを付け足して……。

「よくがんばりました」

左の手のひらに、花丸マークが咲いた。

「──……はっ。なに、やってんだよ」

「がんばった成海に、ご褒美あげようかなって」

「なんだそれ……わけ、わかんね」

……本当に。加瀬宮とは気が合う。

だからだろうな。あの時、まだ小さな子供だった俺が欲しかった言葉を現在、くれた。
加瀬宮がくれたこの小さな、花丸一つで、あの頃の俺が報われたような気がした。

「…………っ……」

まずい。ダメだ。今、加瀬宮の顔をまともに見られない。
視界が滲む。涙が溢れる。ああ、くそっ。なんでだ。なんでこんなに泣きたくなってんだ。

「成海、泣いてんの？」

「……うるせぇな。つーか、なんでちょっと嬉しそうなんだよ」

「そりゃ嬉しいよ。だって私、成海から貰ってばかりだし」

「何かあげた覚えはないんだけどな」

「貰ってるよ。……だから、私も成海に何かあげたかったんだ」

「……あげすぎなんだよ、バカ」

むしろ他人にあげてる場合かよ。お前の方が大変だろうが。
加瀬宮の母親が見せた冷たい目。言葉。あれは今も、俺の記憶に焼き付いている。
俺たちは気が合う。同じ傷を抱えている。
だから俺もお前に何かあげたいんだよ。友達として。
……でも俺は所詮、ただの子供でしかない。家から逃げ出すことしかできない、不出来な子供でしかない。分かってる。それでも必死に、ない頭絞って考えてしまうんだ。

（俺は加瀬宮に――――何をしてやれるんだろうな）

☆

日々はあっという間に過ぎ去り、期末テストが無事に終了した。

手応えとしては悪くない。少なくとも成績を落としているようなことはないだろう。

そして約束通り、バッティングセンターに行くことにした。

厳密には三駅ほど離れた場所にある、様々なスポーツアミューズメントを兼ね備えた複合施設である。よく調べてみると付近には俺たちがいつも通っているファミレス『フラワーズ』の別店舗もあることから、『ファミレス同盟』としてはまさに「ここしかない」と即決した。

スポーツエリアの一角にあるバッティングコーナーは、幸いにして並ぶ必要はなさそうだ。

「変化球とか左利き用もあるのか……へぇー。正直、そんなに種類はないと思ってたけど」

「ねぇ成海。私、先に打ってもいい？　てか打ちたい」

目ェ輝いてら……。

こんなにもキラキラとした目でレンタルバットを握ってる加瀬宮小白を前にして順番を譲る以外の選択肢など俺にはない。

「どうぞどうぞ。ご自由に、ご勝手に」

「球速は何にしよっかな……正直どのぐらいの速さか分かんないし……数字的にキリもいいし、百キロでいいか。見てなよ、ホームラン連発するから」

「どこから来るんだよその自信は」

「全難易度フルコンプして『ギャラクシースラッガー』になったし」

「ゲームじゃん。称号じゃんそれ」

「まあ見てなって」

マシンに百円玉を投入する加瀬宮（ちなみに一ゲーム十球らしい）。

レンタルバットを握って打席に立つと、わくわくとした顔でボールが射出される時を今か今かと待ち構える。その姿はもはや、『はじめてのバッティングセンターにはしゃぐ子供』そのもので、思わず噴き出しそうになるのを堪える。

「んっ」

一球目。マシンから射出された時速百キロのボールに加瀬宮のバットはかすりもしなかった。

「ストライーク」

「うっさい」

「ほら次くるぞ」

「えっ？　……んあっ。なにこれ。結構速くない……？」

「ツーストライク。『ギャラクシースラッガー』の称号が泣いてるぞー」

「うるさいうるさい。調子悪いだけだか……らっ」

「試合だったら三振でアウトだな」

「……これ試合じゃないし」

小さく頬を膨らませる加瀬宮。なんか見てるだけで楽しいな。

その後も四球目、五球目と空振りを繰り返す加瀬宮だったが……。

「こんにゃろっ！」

軽快な打撃音を響かせ、遂に加瀬宮のスイングはボールを前に飛ばした。

ホームランとまではいかないものの、試合だったらヒットぐらいにはなってたんじゃないだろうか。

「当たった！　成海、成海。今の見たよね？」

「見た見た。すげぇな」

野球に詳しいわけではないので、ピッチングにおける球速百キロがどれぐらいのものか分からないが、未経験でありながら六球目でもう前に飛ばしたのは凄いことなんじゃないだろうか。

その後、加瀬宮はコツを摑んだのかホームランこそ出なかったものの、残りのボールをコンスタントに前に飛ばしていった。

「はー……楽しいねこれ。ストレス解消にいいかも」

「加瀬宮って運動、得意なのか？」

「苦手じゃない、かな。得意ってほどでもないけど」

「でも野球未経験なんだろ？　運動のセンスあるんだな」

「どうかな……これがお姉ちゃんなら、一球目からホームラン連発してただろうし」

一瞬、顔に陰を覗かせる加瀬宮。だけどすぐに表情を切り替えると、手に持っていたレンタルバットを俺に手渡してきた。

「はい。次は成海の番ね」

「……ああ。任せろ。これでもお前よりは経験者だからな。お手本ってやつを見せてやる」

「何回か来たことあるだけじゃん」

「まあ見てろって」

マシンに百円玉を投入して、俺も加瀬宮と同じ球速百キロの打席に立つ。

「……そらっ！」

「はいストライク」

「今のは練習だ練習」

……そういえば昔、親父に野球を教わったことがあった気がする。

なんだっけ。体重移動と水平のスイング。あとはボールをよく見て………打つ。

「すごっ。なんかめっちゃ飛んだ」

「コツ思い出してきた。クソ親父に教わったってのが気に入らねぇ……けどっ」

飛ぶようにはなってきたけど、ホームランは流石に難しいな。

「子供ってのは難儀だよな。それがどれだけ苦い味だとしても、親から貰ったものはどうしようもなく体に染みついてる」

「……やっぱり、成海ってなんか大人っぽい」

「大人じゃねーよ。そりゃ、大人には早くなりたいけど」

「家を出て一人暮らしできるから？」

「ご明察。加瀬宮もだろ？」

「……そうだね。我ながら家族に縛られてる自覚はあるから、家さえ出てしまえば色々と楽なんだろうなとは思ってる。本当なら一人暮らしの資金稼ぎにバイトでもしたいんだけど、ママが許してくれないし」

残りの打席でボールを全て打つことはできたが、ホームランを出すことはできなかった。

「お疲れ」

バッターボックスから出た俺に加瀬宮が差し出してきたのは、自販機で買ってきたらしいメロンソーダのペットボトルだ。

「……さんきゅ」

「どーいたしまして」

壁際にあるベンチに二人で肩を並べながら腰掛ける。バッティングコーナーにいる客はまばらで、ピッチングマシンがボールを射出する音やバッティングの音だけが時折響く。

「たまの運動もいいね。部活やってない分、こういうの青春っぽくて新鮮かも」

「部活には入らないのか？」

「んー……もうスポーツはいいかな。それに私の場合、部活とか入るとそれはそれで面倒なことになりそうだし。まあ、放課後の時間を持て余し気味なのは確かなんだけど。……あーあ、バイトできればなー」

「……加瀬宮ん家はバイト禁止されてるのか」

「ん。ママは私にバイトさせたくないんだよね。私が外で何かやらかして、お姉ちゃんの評判に傷がつくのが嫌だから」

一拍の間を置いて、ぽつぽつと自嘲気味に言葉を続ける。

「こうやって成海と一緒に遊んだり、家族の愚痴とか言ってるけどさ。ファミレスに入り浸ったり、映画観たり、こうやって成海と遊ぶ時のお金だって、ママから与えられた『お小遣い』だし。……ダサいよね、なんか」

「……別にいいだろ。俺ら高校生だぜ。小遣い制なんか珍しくないし、誰もがバイトできるわけじゃない。それに親からもらった金で遊ぶことに引っかかるなら、全部俺が払ってやるよ」

「それ、もっと引っかかるんだけど」

「我慢しろ」

「それじゃ今と変わらなくない？」

「どうせ同じ我慢をするなら、俺に奢られる方がよくないか？」

一理あると認めそうになったのか、加瀬宮はぐっと黙り込んだ。

「…………とにかく、嫌」

「加瀬宮と遊ぶためなら惜しくないんだけどな」

「…………そーいうこと気軽に言うな、ばか」

誤魔化すように頬を膨らませながら目を逸らす加瀬宮。思わずカワイイな、とか言ってしまいそうになったけど、それを言ったらますます目を合わせてくれなくなりそうだ。

「けど、一方的に決めつけられてバイト禁止ってのは胸糞悪い話だな」

「……ママはもう私には見切りをつけてて、お姉ちゃんに集中してるから。万が一にもお姉ちゃんの評判に傷がつくことがあってはいけない。そのための不安要素は、手元に置いて管理しときたいんだろうね。私を信じるとか信じないとか、そういう話じゃないんだよ」

加瀬宮はペットボトルの紅茶に口をつけ、喉を潤す。

「私のことを好き勝手言ってる学校での噂を放置してるのも、お姉ちゃん目当てに近寄ってくる連中を減らすためってのもあったけど……冷静になって考えてみると、諦めてるのかもね。必死に否定したって、ママは信じてくれない。だったら噂を放置しようが否定しようが、何も変わらないって」

「何も変わらなくはないだろ。仮にお前のそういう噂がなくなれば、少なくとも俺は……嬉しいし」

……なんだ、嬉しいって。自分で言ってて恥ずかしくなってきた。

「あれだ。友達の悪口が耳に入ってくると良い気しないだろ」

本心ではありながらも、我ながら慌てて付け足したような、言い訳がましさを感じる。

どうしたものかと一人で勝手に内心慌てていると、加瀬宮が小さく噴き出した。

「あははっ。なにそれ、自分が嬉しいって」

「嬉しいもんは嬉しいんだよ。ほっとけ」

「ふーん？　嬉しいんだ」

「そりゃあな」

言葉が途切れ、無言となった空間にバッティングの音だけが途切れ途切れに響く。

視線を注ぐ先にあるのは、左の手のひら。もうあの日に描いてもらった花丸マークは消えてしまっているけれど、加瀬宮がくれた花丸は、今も俺の心に残っている。

あれからずっと考えていた。ただの子供でしかない俺が、加瀬宮小白に何をしてやれるのか。

「………………期末テストが終わったし、もう夏休みだよな」

「だね」

「どっか遊びに行かねーか。せっかくの夏休みだし」

「一緒に？」

「当たり前だろ。遊びに誘ってんだよ」

「夏休みに、成海と遊ぶ……」

「嫌か？」

「嬉しい」

加瀬宮がそう言ってくれて、どこか安堵の気持ちが湧いてきた。

「どこか行きたいとこあるか？」

「連れてってくれるの？」

「お前が行きたいところなら」

「じゃあ……プール行ってみたい」

「他には？」

「夏祭りとか」

「いいな、それ。調べとく」

「あとは普通に街をぶらついてみたりとか……あ、テーマパークも。夏に新しくオープンするアトラクション、あれ気になってるんだよね」

「ノートにメモっとくか」

ノートから一ページだけ破り取って、夏休みの予定を記していく。話し合っているうちに、あっという間にリストは埋まった。

「よし、完成だ」

「夏休み、けっこー楽しみになってきた」

「俺は毎年楽しみだけどな」

「私の場合、あんまりやることないから」

「今年は忙しくなるぞ」

「こんなにも忙しい夏休み、はじめてかも」

加瀬宮の笑う顔を見ながら、俺は一人、胸の内である決意を固めた。

ペットボトルのメロンソーダを飲み干し、レンタルバットを握りしめて再びマシンに百円玉を投入。バットを構えて、ボールが射出されるのを待ち構える。

「なぁ加瀬宮。俺さ、決めたことがあるんだ」

射出されたボールを捉え、スイング。打球は当たったものの高さが足りない。

ホームランには至らなかった。

「決めたって、何を？」

「もしもこの先、加瀬宮が助けを求めることがあるなら、俺は全力でお前の力になる」

二球目も外れた。だけど、感覚は摑めてきた。球速にも慣れてきた。

「俺に何ができるか分からない。それでも……お前と笑って過ごせるなら、何でもやってや

る」

花丸マークが咲いた左手でグリップを握る。

「たとえお前が世界を滅ぼす魔王になったって――俺は、加瀬宮小白の味方だよ」

三球目。スイングのタイミングも完璧。マシンのストレートをバットの芯で捉え、白球はホームランのマトの中心を見事打ちぬいた。

「……なにそれ。私をなんだと思ってんの」

「魔王」

「言ってろ」

俺の後ろで加瀬宮がどんな顔をしているのかは分からない。

何を思っているのかは分からない。

「……ありがと、成海」

ただ少しでも――同じ傷を抱える友達の力になることができていればと、祈るばかりだ。

エピローグ

いつもの席で、友達と

清涼剤のような風を浴びながら、熱に焼かれたアスファルトの匂いを感じつつ進んでゆく。頭上に広がる青空は、アクアマリンのように透き通った水色だ。その石言葉が示す通り、幸福をもたらしてくれるような気さえする。

道端に咲く花。並ぶ木々。過ぎ去る車。俺の往く道に広がる全ての世界は、どれもこれも確かな熱を帯びている。七月下旬。一学期の終業式を無事に終え、クラスの連中としばしの別れを告げたいつもより早い放課後の帰り道。この時期はもう立派な夏なのだから、外のありとあらゆるものが熱を帯びてもおかしくはない。

「あっちぃ……」

思わずひとりごちる程度には熱い。ついこの前、衣替えしたばかりな気がするこの夏服も、外の気温の前では焼け石に水程度の効力しか発揮しない。もちろん、長袖を着るよりは格段に効果があるのだろうが、熱いものは熱い。半袖になっただけで夏の熱気が解決すれば、人類はエアコンという発明などしてはいないだろう。

そうして道を進んでいくと、ある店の看板が目に入ってきた。

ファミリーレストラン、フラワーズ。

年中無休で営業しているファミリーレストランチェーン。その店の看板やシルエットを目にしただけで、頭の中でメニュー表が浮かび上がってくるぐらいには、俺はこの店に通っている。なんなら期間限定を除けば全てのメニューを制覇しているぐらいだ。

「……チョコレートサンデーだな」

決断は一瞬だった。板チョコとチョコアイスやバナナなどの盛り付けを想像する。不思議とお腹がチョコレートサンデー以外を受け付けない身体になってきた。

熱にやられそうになる足を引きずって、そのまま店に入る。店員さんに話しかけるまでもなく、勝手知ったる足取りで店内を進む。

目指す場所はいつもの席。そしてそこには、いつものあの子が座っていた。

太陽の光すらも隷属してしまいそうなほどに美しい、長い金色の髪。この世のどんな海よりも美しい蒼で彩られた瞳。真夏の日差しなど知ったことかと言わんばかりにきめ細かくシミ一つない白い肌。豊かな胸とくびれが織りなすアイドル顔負けの抜群のスタイルを、星本学園高等部を示す夏服が包み込んでいる。

加瀬宮小白。

星本学園高等部の二年D組、俺のクラスメイトであり――――俺の大切な友達だ。

「あ、来た」

そんな加瀬宮の座っている席に、俺も合流する。

「悪い。遅れた」

「先生から急に頼み事されちゃったんなら仕方ないでしょ。謝る必要なくない？」

「加瀬宮、今日のこと楽しみにしてそうだったからさ」

「た、楽しみにしてないし」

どうやら楽しみにしてたらしい。

「でもわざわざそれをテーブルの上に広げてるしなぁ」

「準備っ。準備、してただけだからっ！」

加瀬宮がテーブルの上に広げているのは、期末テスト後のバッティングセンターで話した『夏休みのご褒美リスト』である。

そして今日は、この『夏休みのご褒美リスト』をもとに、ファミレスで夏休みの予定を一緒に立てようということになった。

「先にちょっとドリンクバー入れてくるわ。あ、それと……」

「チョコレートサンデー？」

「……あたり。なんで分かった」

「なんとなく。成海、食べたそうにしてるなーって思っただけ」

勝ち誇ったような顔をする加瀬宮。『夏休みのご褒美リスト』の件でちょっとからかったのを根に持っているらしい。まあ、だからといって悔しさは全くといっていいほど感じない。お前がそういうことやってもただ可愛いだけって気づけよ。

「じゃ、頼んどくね」

「任せた」

グラスにメロンソーダを注ぎ込む。

ちなみに氷はいつもより一つ多めに入れた。量が減ってしまうものの、それよりも冷たさをとった。それにこれは学生の味方、ドリンクバーである。量はいくらでもカバーできる。

「やっぱりメロンソーダ」

「最初はこれじゃないとしっくりこないんだよ」

「なにそれ」

俺の言葉に加瀬宮はくすっと笑う。教室では常に孤高のクールビューティーなイメージが強い加瀬宮だが、こうやって放課後にファミレスで喋っている時はいつもこんな感じだ。

「チョコレートサンデー、注文しといたよ」

「ありがと」

横目で、テーブルの隅に鎮座しているタッチパネル式の端末を眺める。この店では見慣れぬ四角い新入りは、導入されて日が浅いので新品同然の輝きを放っていた。

「はー……注文がラクでいいわ、タッチパネル式」

心底ありがたそうに、加瀬宮もまた新品の端末に目を向ける。

このファミリーレストラン、フラワーズは以前まで店員さんに直接注文をする形式だったが、つい最近になって注文をタッチパネルで行う形式が導入されたのだ。そして俺も加瀬宮も共にデジタル機器に慣れ親しんだ現代っ子である。端末の操作も注文も、スムーズに受け入れることができた。

「店員さんと直接話さずに済むところが最高」

「そんなに嫌だったのか？」

「『あー、この子また来てるなー』って目ぇされるのが嫌」

「被害妄想だろ」

「でもそういうこと気にする気持ちは分かるでしょ？」

「それは分かる。裏であだ名とかつけられてるんだろうなーとか思ってる」

「あははっ。私とおんなじだ」

そのあだ名が俺たちの耳に届かないことを願うばかりだ。

「……ま、いいや。そろそろはじめよっか」

「おう」

雑談もそこそこにさっそく本題に入る。

我らが『ファミレス同盟』本日の議題は――俺と加瀬宮が過ごす、夏休みの計画だ。

期末テスト後に作成した『夏休みのご褒美リスト』を叩き台にして予定を立てていくことになったが、ここにきて大きな調整を余儀なくされた。というのも……。

「『ファミリーレストラン、フラワーズ。三百店舗達成記念夏休みスタンプラリー企画』……俺たち『ファミレス同盟』の夏休みにはピッタリだな」

俺たちいきつけのファミリーレストラン、『フラワーズ』は全国でチェーン展開している。そしてつい最近、店舗数が三百に到達したらしく、それを記念にスタンプラリー企画が展開されることとなった。

全国展開しているフラワーズ各店舗で一回千円以上の会計をすると、スタンプを一つ手に入れることができる。そのスタンプを五つ集めることで、限定グッズや特製クーポンが貰えるといったものだ。

「でしょ。夏休みは色々出かける予定だったけど、せっかくだしね。スタンプ集められるように、場所とか調整するのは大変かもだけど」

「そうでもないんじゃないか？　元々予定してたとこから『フラワーズ』の別店舗も近いみたいだし……でも五つ集めるのは中々に大変そうだな」

「泊まりで行く？」

「ああ、そうか。夏休みだからそういうこともできるのか。いいじゃん」

家は俺たちにとって居心地の悪いものでしかない。

そんな家を一時的にとはいえ離れられるのは、かなり魅力的だ。

「けど、ホテルでも予約するにしても……夏休みシーズンだから大変そうだなー」

「んー……まあ、大丈夫じゃない？　観光地とかなら取れないかもだけど。泊まりで行くなら行動範囲も広げられそうだよね。色々調べてみたんだけどさ……ほら。ここどかまだ何部屋か空いてるし、近くに海もあるし、ちょっと歩けばファミレスの別店舗もあるっぽい」

「加瀬宮って旅行の時、計画とか予定とかきっちり決めて行動しそうだよな。旅行先の下調べして行きたい場所に目ぼしつけてそうな感じ」

「そういう成海はノープランでぶらつきそうだよね」

「当たってる当たってる。こういう遠出の遊びは夏樹と行くんだけど、あいつとならテキトーにぶらついてるだけでも楽しいからな。前にもトウトファンタジーランドに行ったことがあってさ。男二人だけど楽しかったなー」

「トウトファンタジーランドって、予定にも入ってるやつじゃん」

「夏樹に乗せられてケモミミカチューシャなんかつけたっけ。あの時は謎にテンション高くてツーショットで写真もとって……あったあった。ほらこれ。笑えるよなー」

スマホの画像フォルダの中に眠っていた夏樹とのツーショット写真。

この時は夏樹に乗せられたんだっけ。なんだかんだ楽しかったな。

「あはははっ。なにこれ。成海ってこういうことするんだ。ちょっと意外」

「この時はちょっとおかしかったんだよ。夏樹とは幼馴染だし、なんかついバカやっちゃうんだよな」

「ふーん？　じゃあ、私と一緒に行く時もバカやってもらおうかな……ふふっ」

「いいけど、お前もつけろよな。ケモミミカチューシャ」

「まあ、いいよ。せっかくだしね。ついでに、夏祭りの時は浴衣も着たいな」

「浴衣かぁ。そういえば着たことないな」

「じゃあ、今回の夏休みに着ればいいじゃん」

「浴衣を着ながら夏祭りの屋台をまわるって、絵に描いたような夏休みって感じだな」

「こういうの、結構憧れてたんだよね。友達と遠出したり、夏祭り行ったり……色々さ」

加瀬宮は夏の熱気に照らされた、外の景色を眺める。

「夏休みをこんなにも楽しみに感じてるの……はじめてかも」

「……俺もだよ」

思い描くだけでこんなにも楽しい。そしてこの想像を現実にした時はきっと、もっと楽しい。

その確信があった。

「……楽しい夏休みにしようね。成海」

「……ああ。楽しい夏休みにしよう」

それからまた少し雑談を交えながら夏休みの計画を立て、最後に宿題を進めてからその日は解散となった。

「じゃあ、また明日な」

「うん。朝の十時に駅前に集合して、そのまま映画館……だよね」

「映画の後は、近くのファミレスで一つ目のスタンプをゲットだ。遅刻をかまして、立てた計画がいきなり崩れるようなことはナシな」

「言ってろ」

からかい交じりに言うと、加瀬宮もまたいつもの調子で笑ってみせた。

「じゃあな、加瀬宮」

「ばいばい。送ってくれてありがとね、成海」

「おう」

こうして、俺たちはいつものように別れた。

結論から述べるとすれば——俺たちが立てた夏休み計画は、初日を迎える前から崩れ去ることになる。

「ごめん、成海。私………」

なぜなら、この後。俺は一夜も明けないうちに遭遇してしまうことになるからだ。

夜の暗闇。降りしきる雨の最中で——

「…………家出、しちゃった」

——家出をした加瀬宮小白と。

あとがき

はじめましての方は、はじめましてとなります。

久しぶりの方は、久しぶりとなります。左リュウです。

これから読む方も既に読んだ方も、この作品を選んでいただいたことに感謝します。

この作品は元はカクヨムなどのwebに掲載していた作品で、それをもとに改稿したのがこの書籍版となります。ちなみに半分近くは書き下ろしみたいなもので、小白の設定も微妙に変わってネコミミヘッドフォンギャル（見た目はギャルですが加瀬宮の精神性はギャルではないので微妙に違いますが）になりました。

あのヘッドフォンはweb版にはなかったアイテムで、今やありふれている金髪ギャルキャラクターとの差別化や、加瀬宮小白という人間が持つ拒絶や逃避といった要素をより強調して表現するために付け足しました。最初はただの白系のヘッドフォンの想定だったのですが、当時の担当編集のFさんから「たとえばネコミミとかどうですか」と言われたのをきっかけにネコミミが生えてきました。ちょうどヘッドフォンだけだと差別化としても弱いかもと悩んでいたので、良いフックになったと思います。

実はネコミミヘッドフォンにするかはギリギリまで悩んでたので、本文中でもう少しその辺いじってやればよかったなと今になってちょっと後悔しています。magako様が描いてくださった加瀬宮(かぜみやこ)小白(はく)が良すぎたので、結果的にはネコミミヘッドフォンギャルにして正解でした。

　このあたりで謝辞を！
まずは編集のF様！　K様！　S様！　ありがとうございました！　書籍版の改稿にあたり、意見をくださるお三方の存在は心強かったです！

　イラストを担当してくださったmagako様！　素敵なイラストをありがとうございます！透明感あるイラストは、どれも宝物です！　特にカバーイラストの加瀬宮(かぜみやこ)小白(はく)は、その魅力に痺(しび)れました！

　そして……この本を出版するにあたり力を貸してくださった多くの方々や、この本を手に取ってくれた読者の皆様、ありがとうございます。
　またお会いできることを願っております。

【次巻予告】

「もしもこの先、加瀬宮が助けを求めることがあるなら、
俺は全力でお前の力になる」

「ごめん、成海。私…………家出、しちゃった」

「夏休みの旅行はもう十分楽しんだよね？」

「こんな家出がずっと続くなんて、本気で思ってるの？」

「俺は帰りたくない」

小白の家出宣言から間もなく始まった夏休み。

予定とは違う始まりを迎えたファミレス巡りの旅行だったが、思った通り小白と過ごす時間は楽しいものだった。

二人の距離は徐々に縮まっていくが――

楽しい時間は長くは続かなかった。

見つかってしまったのだ。小白が家に帰りたくない原因である、姉の黒音に。

二人の逃避行が終わりを迎えそうになる中で、小白が下した決断とは。

そして近づいた二人の距離の行方は――？

放課後、
ファミレスで、
クラスのあの子と。
左リュウ RYU HIDARI　イラスト：magako
第2巻　2024年春頃発売予定!

◉左リュウ著作リスト

「放課後、ファミレスで、クラスのあの子と。」（電撃文庫）
「悪役王子の英雄譚　～影に徹してきた第三王子、婚約破棄された公爵令嬢を引き取ったので本気を出してみた～」（単行本　電撃の新文芸）
「悪役王子の英雄譚2」（同）
「悪役王子の英雄譚3」（同）

本書に対するご意見、ご感想をお寄せください。

ファンレターあて先
〒102-8177　東京都千代田区富士見2-13-3
電撃文庫編集部
「左リュウ先生」係
「magako先生」係

本書は、カクヨムに掲載された『放課後、ファミレスで、クラスのあの子と。』を加筆・修正したものです。

電撃文庫

放課後、ファミレスで、クラスのあの子と。

左リュウ

2024年1月10日　初版発行

発行者　山下直久
発行　株式会社KADOKAWA
〒102-8177　東京都千代田区富士見2-13-3
0570-002-301（ナビダイヤル）
装丁者　荻窪裕司（META＋MANIERA）
印刷　株式会社暁印刷
製本　株式会社暁印刷

●お問い合わせ
https://www.kadokawa.co.jp/（「お問い合わせ」へお進みください）
※内容によっては、お答えできない場合があります。
※サポートは日本国内のみとさせていただきます。
※ Japanese text only

※定価はカバーに表示してあります。

ISBN978-4-04-914871-8　C0193　Printed in Japan

電撃文庫　https://dengekibunko.jp/

電撃文庫DIGEST　1月の新刊

発売日2024年1月10日

86―エイティシックス―Ep.13
―ディア・ハンター―

著／安里アサト　イラスト／しらび
メカニックデザイン／I-Ⅳ

共和国避難民たちは武装蜂起を決行し、一方的に独立を宣言。鎮圧に駆り出されたのはシンたち機動打撃群で……一方ユートはチトリを連れ、共和国へ向かう。そして、ダスティンは過去と現在の狭間で苦悩していた。

新作 私の初恋は恥ずかしすぎて誰にも言えない

著／伏見つかさ　イラスト／かんざきひろ

女子にモテモテのクール少女・楓は恋をしたことがない。そんな楓はある日、息を呑むほど可愛い女の子と出逢う。人生初のときめきに動揺したのも束の間、麗しの姫の正体はアホで愚かな双子の兄・千秋だったぁ!?

新作 ほうかごがかり

著／甲田学人　イラスト／potg

よる十二時のチャイムが鳴ると、ぼくらは「ほうかご」にとらわれる。そこには正解もゴールもクリアもなくて。ただ、ぼくたちの死体が積み上げられている。恐怖と絶望が支配する"真夜中のメルヘン"解禁。

魔王学院の不適合者14〈下〉
～史上最強の魔王の始祖、転生して子孫たちの学校へ通う～

著／秋　イラスト／しずまよしのり

魔弾世界で大暴れするアノス。それを陽動に魔弾世界の深部へ潜入したミーシャとサーシャの前に、創造神エレネシアが姿を現す――第十四章《魔弾世界》編、完結!!

いつもは真面目な委員長だけどキミの彼女になれるかな?2

著／コイル　イラスト／Nardack

映像編集の腕を買われ、陽都は後輩（売れない）アイドルの「ＪＫコンテスト」を手伝うことに。けど吉野さんも一緒なら、初のお泊まり――合宿も行ける!?　だがＪＫコンには、陽都の苦い過去を知る人物もいて……。

不可逆怪異をあなたと2
床辻奇譚

著／古宮九時　イラスト／二色こぺ

異郷の少女・一妃。土地神となった少年・蒼汰。二人は異界からの浸食現象【白線】に対処しながら、床辻の防衛にあたっていた。そんな中、蒼汰の転校が決定。新しい学校では、土地神の先輩・墨染雨が待っており――。

勇者症候群3

著／彩月レイ　イラスト／りいちゅ

精神だけが《勇者》の精神世界に取り込まれてしまったカグヤ。心を無くした少女を護り、アズマたちは《勇者》の真相に立ち向かう――！

ツンデレ魔女を殺せ、と女神は言った。2

著／ミサキナギ　イラスト／米白粕

ツンデレ聖女・ステラの杖に転生した俺。二年生へ進級したステラは年に一度の『聖法競技会』に臨むことに！　優勝候補・クインザに対抗するため、俺（杖）は水の聖法を操るクーデレ美少女・アンリの勧誘に乗り出す！

少年、私の弟子になってよ。3
～最弱無能な俺、聖剣学園で最強を目指す～

著／七菜なな　イラスト／さいね

ラディアータとの約束を果たすため、頂へ駆け上がる識。ついに日本トーナメントへ出場！　しかし、聖剣"無明"の真実が白日の下に晒されてしまい!?　聖剣剥奪の危機を前に、師弟が選んだ道は――。

新作 放課後、ファミレスで、クラスのあの子と。

著／左リュウ　イラスト／magako

なんとなく家に居づらくて。逃げ込むように通い始めたファミレスで、同じ境遇の同級生・加瀬宮小白と出逢った。クラスメイトは知らない彼女の素顔が、彼女と過ごす時間が、俺の退屈な日常を少しずつ変えていく――。

新作 彼女を奪ったイケメン美少女がなぜか俺まで狙ってくる

著／福田週人　イラスト／さなだケイスイ

平凡な俺の初カノは"女子"に奪われました。憎き恋敵はボーイッシュな美少女・水嶋静乃。だけど……「本当の狙いはキミなんだ。私と付き合ってよ」　ってどういうこと!?　俺は絶対に落とされないからな！

新作 セピア×セパレート
復活停止

著／夏海公司　イラスト／れおえん

３Ｄバイオプリンターの進化で、生命を再生できるようになった近未来。あるエンジニアが〈復元〉から目覚めると、全人類の記憶のバックアップをロックする前代未聞の大規模テロの主犯として指名手配されていた――。

新作 【恋バナ】これはトモダチの話なんだけど　～すぐ真っ赤になる幼馴染の大好きアピールが止まらない～

著／戸塚 陸　イラスト／白蜜柑

悩める高二男子・瀬高蒼汰は、幼馴染で片思い相手・藤白乃愛から恋愛相談を受けていた。「友達から聞かれたんだけど……蒼汰ってどんな子がタイプなの？」まさかそれって……

二月 公
イラスト／さばみぞれ
声優ラジオのウラオモテ
#01 夕陽とやすみは隠しきれない？
オモテは元気＆清楚なアイドル声優／
ウラはギャル＆根暗地味子な女子高生!?
プロ根性で世界をダマせ！
バレたらアウトの声優ラジオ
Now On Air!!
第26回
電撃小説大賞
大賞
受賞
電撃文庫

16歳、夏。はじめての、青春。
レプリカだって、恋をする。
Even a replica falls in love
榛名丼
[イラスト] raemz
愛川素直という少女の
身代わりとして働く
分身体(レプリカ)、それが私。
本体のために生きるのが
使命……なのに、
恋をしてしまったんだ。
海沿いの街で
巻き起こる
ちょっぴり不思議な
青春ラブストーリー。
応募総数
4,128作品の
頂点
第29回
電撃小説大賞
大賞
受賞作
電撃文庫